KB198725

안녕! 내 사랑 프랑스

안녕! 내 사랑 프랑스

예술과 낭만이 넘치는 소도시를 거닐다

초 판 1쇄 2024년 12월 12일

지은이 허연재
펴낸이 류종렬

펴낸곳 미다스북스
본부장 임종익
편집장 이다경, 김가영
디자인 윤가희, 임인영
책임진행 안채원, 이예나, 김요섭, 김은진, 장민주

등록 2001년 3월 21일 제2001-000040호
주소 서울시 마포구 양화로 133 서교타워 711호
전화 02) 322-7802~3
팩스 02) 6007-1845
블로그 http://blog.naver.com/midasbooks
전자주소 midasbooks@hanmail.net
페이스북 https://www.facebook.com/midasbooks425
인스타그램 https://www.instagram.com/midasbooks

ⓒ 허연재, 미다스북스 2024, *Printed in Korea*.

ISBN 979-11-6910-966-6 03810

값 22,000원

미다스북스는 다음세대에게 필요한 지혜와 교양을 생각합니다.

예술과 낭만이 넘치는 소도시를 거닐다

안녕! 내 사랑 프랑스

허연재 지음

Je t'aime,
la France!

미다스북스

난 프랑스여야만 했다

서른 중반의 문턱을 넘었다. 아직 한창 젊은 나이인데, 난 밟히면 '바스락' 소리가 나는 마른 낙엽이 되어 버렸다. 앞만 보면서 열심히 살았는데 자꾸만 제자리에 머물러 있는 것 같고 길을 잘못 든 것 같았다. 마음이 가난해지니 '사랑과 낭만을 꿈꿨던 나'는 대체 어디로 가버린 건지 찾을 수가 없었다. 건조하고 메마른 오늘만 겨우 살아 내는 나 자신만 남았다.

인형 뽑기 기계로 작은 내 몸뚱어리를 집어서 익숙하지 않은 환경에 툭 떨어뜨려 놓고 싶었다. 익숙한 틀에서 벗어나 새로운 여행지에서 감각을 자극하면 '잠들어 있던 희망찬 나의 영혼도 다시 알을 깨고 나올 수 있겠지?' 라는 희망을 안고서.

색이 바래 버린 낭만과 사랑을 되찾을 때 중요하게 생각했던 건 무조건 이 세 가지였다.

명쾌한 색감을 만드는 햇빛, 아름다운 자연경관, 그리고 예술의 낭만.

머뭇거리거나 많이 고민할 필요 없이 이 모든 걸 충족해 줄 수 있는 곳은 프랑스였다. 코로나로 인해 막혔던 하늘길이 다시 열리면서, 항공권을 알아보기 시작했다. 그리고 가고 싶던 지역들을 찾으면서 가라앉은 마음에 가벼운 공기를 불어 넣었다.

프랑스에 살아 본 적도, 거기서 공부를 한 적도 없지만, 프랑스는 내게 각별한 나라다. 미술사에 재미를 붙여 대학원에서 미술사를 공부하게 된 것도 매력적인 프랑스 작가들의 덕이 컸고, 삶의 암흑과 인간의 이중적인 민낯을 이해하고 싶을 땐 프랑스 영화를 찾아보곤 했다. 매혹적인 여자가 되고 싶은 날엔 붉은 립스틱을 바르고 샹송을 들었다. 프랑스 땅에서 나고 자란 모든 예술은 내게 존재 자체를 이해하고 표현의 자유를 만끽하게 한다. 그래서 프랑스는 낭만과 사랑의 나라다. 달콤한 디저트로 미각까지 만족시켜 주는 건 덤이다.

예술 문화의 역사가 비옥한 프랑스 땅을 누비기 위해 렌터카를 빌려 나의 특별한 동반자들과 함께 22일 동안 파리를 제외한 34개의 소도시를 다녔다. 자유여행이니 하나부터 열까지 신경을 써야 하고, 넓은 영토를 횡단하기 위해 매일 짐을 쌌다 풀었다가 하는 바쁜 일정이었다. 육체는 힘들어도 마음엔 활기가 맴돌았다.

빈센트 반 고흐, 폴 세잔, 오귀스트 르누아르, 파블로 피카소, 레오나르도 다빈치 등 서양 미술사에서 빠질 수 없는 위대한 화가들의 공간과 작품들을 감상했고, 수백 년의 역사와 이야기를 담은 건축물과 신이 창조한 아름다운 자연풍경에 매료되었다. 프렌치 리비에라의 드넓은 푸른 지중해 바다는 바쁜 여행 일정 속에서 숨을 쉬게 하는 안식처가 돼 주었다. 이 모든 경험은 나의 감각을 자극했고 다시 살아 있다는 걸 느끼게 했다.

마음이 가난해지는 시기는 누구에게나 불현듯 찾아온다. 그러나 나 자신을 사랑하는 힘과 세상의 아름다움을 찾아내는 눈을 되찾는다면 다시 또 이 삭막한 현실을 살아갈 힘이 생긴다. 혹시라도 지금 마음에 '바스락' 소리가 들린다면, 예술가들을 자석처럼 끌어당긴 나라, 프랑스, 그리고 그 속의 보물 같은 소도시로 한번 떠나 보길 바란다.

직접 발을 디디면 알 것이다. 왜 그토록 많은 위대한 예술가들이 프랑스를 사랑했는지.

발자취를 남긴 도시들

프랑스 여정의 기간: 2023년 3월 26일부터 4월 17일까지

*방문했던 순서대로 나열

contents

2.
예
술

예술적 온도를 가뿐하게 올려준 화가들

3.
건
축   날 작아지게 만든 영원불멸의 공간

4.
풍
경

보고, 또 보고 싶은 지중해의 푸른 낭만

빈센트 반 고흐의 끝,
내겐 시작

VINCENT
VAN-GOGH
1853 · 1890

WILLIAM EARL SINGER

*Je t'aime,
la France!*

반 고흐를 만나기 전, 시동부터

예약한 차가 아닌데요?

후아시앙프랑스

Roissy-en-France

3월 26일. 오전 7시 15분.

지금 난 샤를드골 공항 근처 호텔 방이다. 눈을 뜨니 비몽사몽이다. 지난 3주간 홀로 오스트리아와 체코를 돌아다녀서 온몸이 얻어맞은 듯 아프다. 불안하게 몸살 기운도 살짝 느껴졌다. 따끈한 김치찌개와 된장찌개로 속을 달래고 몸이 시뻘게지게 반신욕을 하며 쉬고 싶었다. 하지만 그런 여유는 잠시 미뤄 둬야 한다. 프랑스가 기다리고 있기 때문이다. 오늘부터 프랑스 여행의 대장정이 시작된다.

몸은 무겁지만 혼자가 아니라는 사실에 마음은 한결 가볍다. 어젯밤엔 여행 동지 Y와 M이 샤를드골 공항에 날 마중 나왔다. 익숙한 얼굴을 보니 보름이 넘는 시간 동안 꽁꽁 얼어 있던 긴장이 눈 녹듯 사르르 풀렸다. M이 한국에서 알뜰살뜰 챙겨온 참치 통조림과 누룽지로 저녁을 먹었고, 덕분에 속이 뜨끈하게 채워지는 기분이 들었다. 타지에서 먹는 누룽지는 정말이지

영혼을 달래 주는 최고의 소울푸드다.

짐을 챙겨 샤를드골 공항 내에 위치한 H사 렌터카 서비스 장소로 향했다. 차 픽업은 정오로 예약했지만, 프랑스인들의 나무늘보 같은 서비스 속도를 고려해서 원래의 시간보다 50분 일찍 갔다. 어차피 우리에게 할당된 차는 미리 가도 있을 테니 문제없을 거로 생각했다.

렌터카 대기 줄은 다행히 길지 않았다.

"다음 분이요!"

렌터카 직원은 안경을 쓰고 호리호리한 체형의 남자였다. 그는 예약자 이름을 물었다. Y는 예약했던 자신의 이름을 불러 주었다. 이어 우리 두 명의 여권과 국제면허증을 건네주었다.

"운전자는 두 명만 등록하실 겁니까?"

"네, 두 명이요."

직원은 원래 운전자 한 명을 더 추가하고 싶으면 추가 수수료를 내야 하는데 이번엔 그냥 무료로 해 주겠다며 생색의 윙크를 날렸다.

잠시 후에 직원이 컴퓨터 스크린을 응시하더니 고개를 들고 말했다.

"예약하신 차 기종은 현재 없네요, 그래서 다른 차로 배정되실 겁니다. 괜찮죠?"

'장난하냐?'라고 말하고 싶었다.

신청했던 푸조 SUV는 깡그리 무시된 채 자기네들 마음대로 다른 기종으로 배정해 버린 거다.

이건 예상하지 못한 문제였다. 한국에서부터 여행 가방 세 개의 치수를 재서 차 트렁크에다 실을 수 있는지와 가격, 기능을 가지고 고민해 보고 택한 차량이었기 때문이다. 우리 세 명의 짐을 차 트렁크에 모두 싣는 건 엄청나게 중요한 문제다. 뭐 저렇게까지 하나 싶을 정도로 유럽에선 어떻게든 귀신처럼 차 안을 털어간다. 귀중품은 물론이고, 어떤 사소한 물건도 외부에서 보이게 두면 절대 안 된다는 말을 귀가 닳게 들었다. 유리창 태닝이 불법이니 차 내부가 밖에서도 훤히 잘 보이기 때문에 유리창을 깨고 훔쳐 달아나는 사고는 빈번하게 일어난다.

'트렁크 짐 가방 하나 정도야, 방법이 없으면 뒷좌석에 넣으면 되겠지.'라는 생각은 우리에겐 아예 안중에도 없었다. 타협할 수 없는 문제였기에 나와 Y는 입을 모아 직원에게 말했다.

"와, 이건 예상 못 했네요. 차 기종 바뀌는 건 상관없지만, 기존에 예약했던 차와 크기는 비슷해야 합니다. 큰 여행용 가방 세 개가 있는데 차 뒤에 다 실어야 하거든요. 그렇지 않으면 문제가 됩니다."

직원은 컴퓨터 스크린을 다시 뚫어지게 보더니 비슷한 크기의 차라 충분히 들어갈 거라고 우리를 안심시켰다.

우리의 발과 짐꾼이 되어줄 네 번째 동행자인 렌터카는 회색 르노 SUV 였다. 렌터카 직원이 앞장서며 손짓했다.

"짐 가지고 따라오세요!"

제일 먼저 차 트렁크부터 열어 공간 크기를 확인했다. 다행히 여행 가방 세 개가 차 트렁크에 맞춤형처럼 딱 들어맞았다.

직원은 자신이 먼저 운전석에 타고서, 기본적으로 시동 켜는 법과 엔진 기어 작동법을 보여 주었다. 오토매틱 차라 특별히 생소한 건 없었다. 내부 계기판은 특별하거나 현란한 기능 없이 단순하고 지극히 기본적인 기능에 만 충실한 차였다. 내장된 GPS는 10년도 더 돼 보이는 구식이다. '기능적으로 조금 더 좋은 차를 예약했던 것 같은데?'라는 미심쩍은 의문이 한 구석에 계속 남았지만 어쩔 수 없었다.

직원은 예약과는 다른 기종에 실망했던 우리의 마음을 좀 더 돌려보려고 하는 듯 멋쩍은 웃음을 지으며 말했다.

"기능은 단순하죠? 그래서 오히려 사용하기 쉬워요! 그리고 이거… 아시 죠? 프랑스 브랜드 '흐으-노르노, Renoux'에요."

직원은 차에서 내렸고, Y가 운전석에 먼저 착석했다. Y는 차 내부를 둘러 보며 차분하게 작동법을 터득하는 시간을 잠시 가졌다.

"근데 뭐, 더 터득해 볼 것도 없네. 특별한 기능도 없고, 단순해서. 오히려 이게 더 나을 수도 있어. 자, 그러면 이제 출발해 볼까?"

트렁크에 짐도 무사히 실었고, 우리 셋도 무사히 탔고, 차에 기름도 빵빵하게 가득 찼다. 모든 준비가 끝났다. 예상치 못했던 차를 만났지만, 이런 변수는 여행에서 피할 수 없다.

이제 첫 번째 행선지로 향하면 된다. '흐으—노'가 건강하고 안전하게 여정을 함께 해 주길 바라는 마음으로 난 내 자리의 옆 손잡이를 토닥토닥하며 말했다.

"이번 여행 무탈하게 함께 해 줘!"

C'est parti!

프랑스에서 렌터카로 여행하면 알아야 할 것

1. 렌터카 유종 확인하고 주유하기.
2. 경유/디젤=Gazole(주의: 불어 'Gazole'은 가솔린과 발음이 비슷하나 가솔린이 아니다.)
   휘발유/가솔린=Essence/Sans Plomb
2. 무인 셀프주유소에서 주유할 때는 200유로(가격 상이함*)가 선승인이 된다. 나중에 카드 청구서를 확인하면 실제 주유 금액만 청구되어 있을 테니 선승인 된 금액에 대해선 걱정하지 말기.
3. 경유 차량을 렌탈한 경우, 요소수AdBlue 충전 알림이 뜨게 된다. 요소수는 주유소 편의점에서 구매해서 충전하면 된다.

아무것도 없는 방

슬픔도 언젠가는 끝나는데

오베르슈아즈

Auvers-sur-Oise

렌터카에 올라타자마자 망설임 없이 향한 첫 번째 목적지는 오베르슈아즈다. 오베르슈아즈는 파리를 중심으로 북서쪽 발두아즈주에 있는 소박한 마을이다. 빈센트 반 고흐가 마지막 생을 마감한 곳이기도 하다.

3월 프랑스 북부는 날씨가 제법 쌀쌀했다. 회색 구름이 가득 껴 하늘도 한층 무겁게 가라앉아 있었다. 차창 너머로 보이는 한적한 프랑스 시골 풍경과 시야가 트이는 드넓은 평야를 보는 것만으로도 마음은 상쾌했다. 파리 외곽에서부터 출발한 덕분에 교통 체증 없이 한 시간 채 안 되어 오베르슈아즈에 도착했다.

점차 좁은 길들이 나오기 시작하자 운전대를 잡고 있던 Y는 속도를 줄였다. 오늘은 일요일이라 일요예배를 보고 나온 듯한 사람들이 길가에서 담소를 나누고 있었다. 아담한 레스토랑과 상점들이 보였고 이 마을의 중심가인 것을 알 수 있었다. 차 창문을 살짝 내리니 어디선가 향긋한 빵 굽는 버터

냄새도 난다. 현지인과 관광객들이 뒤섞여 테라스에서 와인을 마시며 점심을 먹고 있고, 장을 보고 양손에 묵직하게 장바구니를 들고 가는 사람들도 눈에 들어온다.

주말엔 공영주차장이 무료라 오베르슈아즈 시청 뒤편에 있는 공영주차장에 주차했다. 주차장 앞쪽에 있는 깜찍한 건물 하나가 눈길을 끌었다. 인형의 집처럼 귀여운 이 건물은 오베르슈아즈 시청이다. 시청 앞쪽엔 빈센트 반 고흐가 그린 그림 〈오베르의 시청〉 판넬이 설치돼 있었다. 길목 초입에서부터 고흐의 그림을 발견하니 이 작은 소도시, 오베르슈아즈를 온 이유가 실감이 난다.

오베르슈아즈 시청

빈센트 반 고흐의 〈오베르의 시청〉 판넬

내가 여길 찾은 건, 심적으로 고되고 힘들 때 나를 찾아온 빈센트 반 고흐의 흔적을 밟아 보고 싶어서다. 그의 삶과 인생은 지금의 나와 상당히 유사한 부분이 많아 내적으로 공감되는 부분들이 많았다. 그리고 고흐가 사용했던 밝은 채도의 색감들은 내게 긍정적인 에너지를 주곤 했다.

빈센트 반 고흐의 마지막 삶을 엿볼 수 있는 라부여관Auberge Ravoux으로 제일 먼저 향했다. 라부여관 외관은 핑크빛과 진한 체리 우드 색이 감도는 페인트로 칠이 되어 있고 규모는 작았다. 한눈에 보아도 매우 오래된 곳이라는 걸 느낄 수 있었다. 예전에는 여관 용도로 사용되었지만, 현재는 고흐의 박물관 겸 식당으로 운영된다.

고흐가 살았던 라부여관과 설명 판넬

1층에 있는 식당은 19세기부터 운영되어 온 와인 상점 겸 레스토랑이었으며 여전히 현재까지 그 역사를 이어 가고 있다. 창문 안을 빼꼼히 들여다보니, 몇몇 사람들은 밥을 먹고 있었다. 마치 19세기로 돌아간 옛날 사람들이 식사하는 모습 같았다.

비수기 시즌이라 매표소 앞에는 줄 선 사람들도 없다. 난 표를 구매했고 매표소 직원은 영어 투어는 15분 후에 시작할 예정이니 여관 건물 계단 앞에서 기다리라고 안내해 주었다. 매표소 앞쪽에는 벚꽃 나무처럼 생긴 꽃이 풍성한 나무 한 그루가 심겨 있었다. 키가 크고 화사한 이 나무가 라부여관의 음침하고 우울한 공기를 정화해 주는 듯 보였다.

'고흐가 이곳에 머물러 있을 때부터 여길 지켜 왔던 나무였을까?'

1시 반이 되자 라부여관 2층에서 동그란 안경을 쓴 귀여운 여성 가이드가 손짓하며 소리쳤다.

"영어 가이드를 위한 분들, 위로 올라오세요!"

뒤를 돌아보니 오롯이 우리 셋뿐이다. 얼떨결에 프라이빗 투어가 되어 버렸다.

"Bonjour, Bienvenue!(안녕하세요, 환영합니다!)"

가이드는 라부여관에 오신 걸 환영한다는 인사말과 함께 덧붙여 자신의 영어가 완벽하지 않으니 양해해 주길 바란다는 말을 건넸다. 성대를 아래로 누르며 된소리가 센 프랑스 억양이 뒤섞인 영어였다. 나의 이십 대 초반, 대학생 시절에 프랑스어에 재미를 붙여 조금 배웠던 덕분에 프랑스어 발음이 뒤섞인 영어 발음을 눈치코치로 간간이 알아들을 수 있었다. 가이드는 그녀만의 독특한 악센트로 고흐가 오베르슈아즈에 온 이야기를 들려주기 시작했다. 다 주워듣고 싶어 바짝 귀를 기울였다.

빈센트 반 고흐가 오베르슈아즈에 머물렀던 기간은 거주했다고 말하기엔 상당히 짧은 시간이었다. 1890년 5월 20일, 고흐는 37세가 되던 해에 오베르슈아즈에 도착했다. 그리고 같은 해 7월 29일에 세상을 떠났다. 약 70일 정도밖에 되지 않는 짧은 기간이다. 동시에 예술의 불꽃이 활활 타오르던 시기이기도 했다.

고흐는 이곳에 오기 전 생레미드프로방스에 위치한 생폴드무솔 수도원 정신병동에 머물면서 정신과적 치료를 받았다. 덕분에 좋은 에너지를 채우면서 솟구치는 창의력을 발산했고, 다시 세상 밖으로 나올 수 있었다. 홀로 방치되면 또다시 정신적 질병에 고통을 겪을 것은 불 보듯 뻔했기 때문에 정신과 의사, 닥터 가셰의 진료를 받기로 했다. 따스한 날씨 덕분에 살기 좋은 남쪽에서 다시 북쪽으로 온 이유도 닥터 가셰가 사는 오베르슈아즈로 오기 위함이었다. 닥터 가셰는 오베르슈아즈에 거주하고 파리를 왔다 갔다 하며 진료하고 있었다. 그는 예술작품을 사랑했고 예술가들의 심리를 너그럽게 잘 이해하던 인물이었다. 고흐의 동생 테오는 그러면 자기 형을 잘 돌봐줄 수 있을 거라 믿어 의심치 않았다.

라부여관으로 들어가는 길

라부여관 2층 내부는 아트숍으로 운영되고 있다. 한쪽 편에 있는 문을 하나 여니, 고흐의 방이 있는 3층으로 향하는 계단이 나왔다. 어두운 조명 아래 펼쳐진 좁은 계단을 하나씩 올랐다. 계단을 오르는 순간순간마다 시간을 거꾸로 돌리는 타임머신을 탄 기분이 들었다.

나무 계단의 삐거덕거리는 소리, 부식된 듯 균일하지 않은 벽의 빛깔, 오래되어 쾌쾌한 냄새가 밴 나무판자들이 나의 모든 감각을 자극했다. 이때부터 눈앞에 보이기 시작했다. 고흐가 그림을 그린 후 지친 몸을 이끌고 이 계단을 오르는 모습, 어깨에 진 화구통과 무거운 이젤이 서로 부딪혀 달그락거리는 소리, 그리고 반 고흐의 무거운 한숨까지.

나선형 계단을 끝까지 오르니 두 개의 방이 보였다. 그중 왼쪽 방이 반 고흐가 지냈던 방이다. 고흐의 방 내부는 처참하다고 할 수 있을 정도로 정말이지 볼 게 없었다. 서너 평도 안 되는 공간에는 오롯이 나무 의자 하나만 덩그러니 놓여 있었다. 예상하지 못했던 건 아니었다. 프랑스에 오기 전, 라부여관의 공식 웹사이트에서 이 문구를 하나 봤었기 때문이다.

"Nothing to See but Everything to Feel."
볼 건 없지만 느낄 수 있는 모든 것이 있어요.

얼마나 볼거리가 없으면 미리 언질을 주기 위해 이런 글을 홈페이지에 남겨 둔 건가 싶었는데, 직접 보니 그럴 만했다. 뭔가를 볼 거라는 기대를 안고 온다면 입장료뿐만 아니라 이곳에 오는 데 들인 시간과 교통비가 아까울 수 있다. 그러나 한 청년의 방황했던 일대기를 알고, 서른 중반에 삶의 추운 겨울을 버티다가 끝끝내 생을 마감할 수밖에 없던 그의 심정을 헤아려 볼 수 있는 사람이라면 "느낄 수 있는 것"들이 정말 널브러져 있다.

방엔 제대로 된 온전한 가구 하나도 없었다. 원래 고흐가 사용하던 다른 가구들은 어디 있는지 궁금한 마음에 가이드에게 물었다. 돌아온 가이드의 답변은 좀 허무했다.

"고흐가 자살하고 나서, 여관 주인이 모두 태워 버렸어요."

자살한 사람의 가구와 소지품을 그대로 두면 부정 탄다는 미신 때문에 여관 주인은 고흐가 사용했던 모든 가구를 태워 버렸다고 한다. 주인의 심정은 이해가 가지만 괜히 내가 다 서운한 마음이 들었다.

사람의 온기 하나 느껴지지 않는 이 공간을 보니 안타까웠다.

'여기서 그는 얼마나 외로웠을까?'

함께 둘러보던 Y와 M도 씁쓸한 표정을 짓고 있는 게 보였다. 그의 손길이 닳은 물건들이 하나도 남아 있지 않지만, 가늠할 수는 있었다. 나보다 덩치가 컸던 그에게는 이 공간이 얼마나 갑갑했을지, 그리고 불안하고 혼란스러운 정신 속에서 얼마나 탈출하고 싶은 마음이었을지. 심지어 고흐가 이곳에서 죽기 전 마지막으로 했던 말은 "슬픔은 영원히 지속될 거야."였다.

기울어진 지붕 벽에는 작은 창 하나가 있다. 책 한 권 크기 정도로 작은 창이지만 자연광이 들어올 수 있는 유일한 통로다. 세상의 온기가 이 방에 전해지는 유일한 통로. 아침이 되면 저 작은 창으로 들어오는 햇살로 또 오늘을 살아 보자는 다짐을 했을 것이고, 밤이 되면 달빛에 비치는 자신의 초라한 모습에 좌절했을 거다. 희망과 좌절 사이에서 하루에도 수백 번 갈등하며 살아갔을 거다.

유일하게 반 고흐의 삶을 지속시킬 수 있던 동력은 창작활동이었다. 고흐는 두 달 동안 오베르슈아즈에서 지내면서 엄청난 양의 작업을 쏟아 냈다. 70일 동안 약 80개의 작품을 만들었다. 하루에 평균 한두 개의 작품을 완성했다는 의미다.

그래서 난 오히려 더 이해할 수가 없었다. 이 정도로 작업에 몰두하여 자신의 에너지를 쏟아 낼 수 있는 행위는 자신이 살아 있음을 느낀다는 증거인데. 게다가 예술가들은 고질적으로 해결할 수 없는 우울과 고통을 안고 산다. 작품 활동을 통해 아주 잠시나마 그 고통을 잊으며 창작의 기쁨을 만끽하며 삶을 살아가는 거다.

누구보다 열심히 다작했고 몰입했다는 사실이야말로 고흐가 살고 싶어 했다는 증거가 아니었을까?

고흐가 내게 다가왔던 시기는 코로나가 창궐한 이후 사방이 모두 막다른 벽 같다는 느낌을 받게 했을 때였다. 난 나름대로 진취적인 걸 좋아해서 도전을 통한 변화를 추구하던 성향이 있다. 그래서인지 이미 정해진 길보다는 나만의 길을 닦아 가며 살아온 것에 대한 자부심이 있었다. 길이 없으면 또 만들어 가면 된다는 생각 때문인지 여자로서 전통적인 삶에 얽매여 살 필요는 없다고 생각했다. 하지만 내 등에 달린 날개가 꺾여 버린 거다. 역시 인생은 호락호락하지 않았다. 깜깜한 터널을 걷는 질풍노도의 시기 같았다. 여기 가도 길이 막히고, 저길 가도 길이 보이지 않았다. 사랑, 인간관계, 커리어, 지켜 왔던 신념, 모든 게 뒤죽박죽 잘 되는 게 하나도 없었다. "나, 여태 잘못 살았나?"라는 의심과 함께 지금까지 열심히 살았다고 자부하던 내가 세상으로부터 부정당한다는 생각이 물밀듯이 밀려왔다.

이런 시기에 반 고흐에 대한 강의를 준비하면서 그의 작품과 역사를 다시 접하게 되었다. 무의식적으로 자석처럼 끌렸다. 반 고흐의 삶을 다시 들여다보니, 그의 삶은 어린 시절부터 방황의 연속이었다. 그럴 때마다 그가 수많은 편지에 남긴 누구보다 솔직한 글과 그림들이 내 마음에 커다란 울림을 주었고 위로가 되었다.

난 아무것도 없는 고흐의 방에서 최대한 허공을 매만지며 고흐의 온기를 느끼고자 했다.

고흐의 작품으로 위로를 받았던 팬이기에 방명록에 이메일 주소를 적었다. 그리고 가이드에게 사진을 보내 달라며 다시 한번 부탁의 말을 남겼다.

라부여관 입구에 있던 아름답고 커다란 꽃나무

공교롭게도 프랑스 여행의 첫 여정은 고흐의 삶의 종착지로 시작되었다. 인제 헛된 방황을 그만 끝내고 습하고 어두운 터널을 그만 나오라는 계시 같았다. 그간 한 보자기 끌어안고 있던 불안과 우울한 생각들을 고흐의 마지막 발자취가 남은 곳에 훅 모두 내려놓기로 했다. 훌훌 털고 앞으로 펼쳐질 다음 여행지로 가볍게 떠나리라.

라부여관을 빠져나가는 길목에 아까 입구에서 봤던 분홍빛을 머금은 벚꽃 나무를 한번 보며 크게 숨을 들이마셨다.

'슬픔은 영원하지 않아. 이제부터 천천히 하나씩 좋은 것들, 환한 것들로 내 안을 채워 나가 보자!'

라부여관 방문 전 참고하면 좋은 정보

1. 라부여관의 고흐의 방을 보려면 미리 온라인 사이트에서 관람할 수 있는 기간
   과 시간을 확인 후 예약하고 가길 추천한다.
   보통 3월 초에서 11월 말까지 운영한다. (변동될 수 있으니 사이트 참조)
   매주 월요일과 화요일은 휴무이니 날짜를 꼭 체크해 둘 것.
   www.maisondevangogh.fr
2. 고흐의 방은 내부 사진 촬영 불가다. 방명록에 이메일을 남기면 1~2주 내로 사
   진을 보내준다. (미래에 보러 갈 사람들을 위해 나 역시 이 글에 고흐의 방 모
   습을 첨부하지 않았다.)

앞뒤가 다른 교회

그림에선 보이는데, 구원받기를 원하던 고흐의 간절함이

오베르슈아즈

Auvers-sur-Oise

"여기 사람들이 살긴 사나?"

고흐의 발자취를 따라간다는 생각에 신나서 그런지 내 목소리는 한층 격양되었다. '고흐의 교회'라 불리는 오베르슈아즈 교회Notre Dame d'Auvers-sur-Oise로 향하고 있었다. 뒷골목 길을 거닐면서 마을 구경을 하는데 쩩쩩거리는 새소리만 날 뿐, 주위가 너무나 조용했다. 주말 오후라 해도 창밖으로 새어 나오는 사람의 대화 소리나 TV 소음이 들릴 법도 한데, 정적만 흐른다.

인기척은 느껴지지 않아도 동네 사람들의 삶이 녹아 있는 흔적은 또렷했다. 저층 주택들은 옹기종기 모여 있고, 차곡차곡 쌓아 만든 돌 담벼락은 쇠에 녹이 슨 것처럼 다채로운 명도로 누리끼리하게 변색되었다. 담벼락 위에 놓인 적색 토기들은 잔잔한 골목에 생동감을 불어넣는다.

서울 시내에서 오피스텔과 아파트 생활을 오래 했던 내겐 이런 전원적인 감성이 오히려 더 값지다. 편하게 매월 관리비를 내면 매년 똑같은 화초들과 나무들을 보는 게 일상인지라, 개인의 취향이 엿보이는 평범한 마을 골목은 내게 흔치 않은 낭만을 선물했다.

오베르슈아즈 교회의 전경과 내부

라부여관에서 10분 정도 걸어가니 교회 하나가 나타났다. 이 교회를 처음 마주하자마자 난 의심의 눈초리로 고개를 갸우뚱했다. '이 교회가 고흐 교회 맞아?'

고딕양식 지붕은 하늘을 찌르듯 뾰족했고 로마네스크 건축 느낌처럼 육중했다. 섬세한 장식성이 모자란 그냥 콘크리트 건물처럼 황량해 보였다. 남다른 감수성을 가진 반 고흐가 이런 교회를 좋아했을 리가 없다.

무엇보다 반 고흐의 대표작 〈오베르의 교회〉 속 교회 모습을 전혀 찾아볼 수가 없었다. 작품 속 교회 지붕은 붉은색 지붕에, 곡선 처리가 되어 애니메이션 '하울의 움직이는 성'에 나올 법한 분위기를 풍긴다. 유럽의 옛 시골 정취를 느낄 수 있는 느낌이랄까? 그래서 고흐는 이 교회 지붕을 볼 때마다 자기 고향인 네덜란드를 떠올렸고 이곳을 자주 찾았다고 했다.

교회의 내부는 외관의 첫인상만큼이나 서늘했고 차가운 공기가 느껴졌다. 생각보다 구미를 당길만한 건축적인 요소는 없었기에 빠르게 밖으로 나와 교회 건물의 반대편으로 발걸음을 옮겼다.

그때 저 멀리서 익숙한 한국어가 들렸다. 한국에서 온 단체 여행객들이 모여 가이드 아저씨의 설명을 듣고 있었다. 관광객들이 모여 있는 걸 보니, 저기가 그토록 찾고 있던 오베르 교회의 모습일 거라는 확신이 들었다.

'역시! 여기였어!'

같은 건물임에도 불구하고 교회의 후면은 정문과 측면에서 보는 것과 매우 다른 분위기를 풍겼다. 통일감이 느껴지지 않아 같은 건물이라는 사실이 믿기지 않을 정도다. 정면과 측면은 14세기에 지어진 고딕 초기 스타일이지만, 후면은 정감 가는 서민적인 스타일이었다.

빈센트 반 고흐, 오베르의 교회, 1890

고흐가 그린 그림과 똑같은 각도에서 찍은 교회
의 모습(누군가 차를 교회 앞에 제멋대로 주차해
서 짜증 유발)

미술사에서 고흐의 그림은 '후기 인
상파'로 분류하지만, 고흐의 강렬한
선들과 색 때문에 표현주의 성향이 강
하다. 그래서 반 고흐의 〈오베르의 교
회〉는 실제 교회의 모습과 형태는 비
슷해 보이지만 뿜어내는 에너지와 분
위기는 확연히 달랐다.

특히 반 고흐는 보색을 이용해 사람의 심리를 건드리는 데에 탁월한 능력이 있었다. 이 작품에서는 파란색과 오렌지색의 강한 보색대비를 영리하게 이용했다. 그림 속 하늘은 울트라마린블루 색이 교회를 서서히 덮쳐 버릴 듯한 불안함을 조성한다. 하늘은 세상을 어두운 기운으로 가두려고 하는 듯이 적색 지붕도 파랗게 물들였다. 여인이 걸어가는 길, 잔디밭과 하늘은 짧은 붓 자국으로 찍듯이 묘사되었다. 그래서인지 꿈틀거리는 리듬감이 살아 있어 입체적인 인상을 준다. 이러한 고흐의 표현법은 내면에 잠들어 있던 불안감을 깨우는 경험을 하게끔 한다. 그렇다 보니 초조하고 불안한 고흐의 내면이 〈오베르의 교회〉를 통해 전해지는 것 같다.

고흐에게 오베르슈아즈는 자신이 태어나 유년 시절을 보냈던 네덜란드의 노르트 브라반트 North Brabant 주를 생각나게 하던 도시였다. 그래서 네덜란드 지방에서 흔히 볼 수 있었던 지붕과 흡사한 이 교회의 후면을 자주 바라보며 어린 시절의 향수를 느꼈다. 세상이 자기 작품의 진가를 아직 몰라주니 고흐는 내면의 혹독한 겨울을 보내고 있었다. 이런 시기에 교회는 고향을 떠올리게 해 주는 위안의 장소였다.

야속하게도 이 교회는 고흐를 거절했다. 고흐는 평소 이 교회를 애정 어린 마음으로 자주 찾았었던 터라 죽기 전 동생 테오에게 이 교회에서 장례를 치러달라고 부탁했다고 한다. 테오는 교회로 찾아가 목사에게 자기 형 장례식을 여기서 치르겠다는 의사를 밝혔다. 그러나 목사는 이를 받아들이

지 않았다. 왜냐하면 반 고흐는 개신교였던 데다 자살은 아주 큰 죄악이었
기에, 자살로 생을 마감한 고흐를 받아들일 수 없었다.

　죽어서도 거절의 아픔을 받아들여야 했던 반 고흐. 교회 앞에 모인 많은
사람들을 보니 마을의 평범한 교회가 고흐 덕분에 유명한 관광명소가 되었
다는 사실이 참 아이러니했다.

별이 되어 버린 나이, 서른일곱

'방황'은 옳은 길로 가고 있다는 징조

오베르슈아즈

Auvers-sur-Oise

고흐의 교회 뒤쪽으로 나아 있는 언덕길을 따라 〈까마귀가 나는 밀밭〉의 모티브가 되었던 장소인 밀밭으로 향했다. 비탈길을 오르는데 프랑스 할아버지 한 분이 우리 옆을 지나갔다. 왜소한 체격에 굽은 등 뒤로 뒷짐을 지고 걷고 있었다. 뒷짐 진 한 손에 무언가 쥐고 있었다. 만화에서나 볼 법한 길게 늘어진 초록 잎이 매달려 있는 예쁜 주황색 당근이었다. '저걸 어떻게 드실까? 생으로 그냥 드실까? 아니면 총총 썰어서 샐러드에 버무려서 드실까?' 괜히 궁금해졌다. 오늘의 양식을 먹을 만큼만 자연에서 얻어서 유유히 걸어가는 시골 할아버지의 모습이 정겨웠다.

할아버지의 뒤꽁무니를 졸졸 따라가니 경사 꼭대기엔 넓은 초원 대지가 광활하게 펼쳐졌다. 마을 시내 뒤편에, 그것도 언덕 위에 상상도 하지 못할 정도로 넓은 평지가 존재하다니!

눈앞에 펼쳐진 밀밭은 평화로웠다. 겨울을 벗어 난 지 얼마 안 되어 민둥산이다. 난 자연이 주는 단조로운 수평의 미학을 온몸으로 느꼈다. 시야를 가리는 어떤 장애물 없이 대지를 성큼성큼 걷는 경험은 내 생에 처음이다. 밀밭의 시선 끝에는 또 밀밭이 펼쳐진다. 만약 '하늘과 대지 중 누가 누가 더 넓은가?' 대결한다면, 여기선 대지가 압승일 거라는 생각이 들 정도다. 시선의 끝이 저 멀리 지평선과 가깝게 맞닿으니, 심리적으로 안정감이 느껴졌다.

여기서 반 고흐의 〈까마귀가 나는 밀밭〉이 탄생했다. 나중에 〈나무 뿌리〉가 그의 유작으로 알려졌지만, 한때 고흐의 유작으로 알려졌던 작품이기도 하다. 반 고흐는 밀밭을 원래 좋아했고 자주 찾았었다. 오베르슈아즈 뿐만이 아니라 아를이나 생레미드프로방스에 거주할 때도 종종 밀밭을 거닐고, 밀밭 풍경화를 자주 그렸었다. 그는 예술 작품 활동도 농사와 별반 다르지 않다고 생각했다. 농부가 대지에 씨를 뿌리는 것처럼, 반 고흐는 "캔버스 위에 씨를 뿌린다."라고 할 수 있을 정도로, 언젠가는 재능의 결과물들을 수확할 날을 손꼽아 기다렸다.

빈센트 반 고흐, 까마귀가 나는 밀밭, 1890

고흐의 작품 판넬

밀밭

〈까마귀가 나는 밀밭〉은 그리 친근하거나 사랑스러운 그림은 아니다. 그림 속 검푸른 하늘은 폭풍이 몰려오거나 어떤 살인 사건 같은 큰 사고가 일어나기 직전 복선이 깔리는 느낌을 준다. 고흐는 보색인 파란색과 노란색으로 해칭hatching 기법을 이용해 바람이 부는 듯 날카로운 인상을 표현했다. 면보단 선을 더 강조한 짧은 붓질은 고흐가 얼마나 다급한 동작으로 빠르게 물감을 캔버스에 찍어 냈는지 느껴지게 한다. 저 멀리 날아가는 까마귀 무리를 보면 깍 깍 우는 소리가 들리는 것 같아 불안한 마음을 동요시킨다. 검은 날갯짓에 하늘색은 점점 더 검게 변하고 있다.

고흐가 감정의 소용돌이에 어쩔 줄 모르던 시기에 이 작품을 완성했다. 꾸준하게 작품 활동을 했지만, 서른 중반이 넘어서도 자신의 생계를 동생 테오에게 의지해야 했다. 그러던 중 1890년 7월 초, 파리에 다녀온 뒤로 고흐의 불안함은 더 강해졌다. 동생 테오의 현실을 직접 마주했기 때문이다. 조카가 태어나면서 테오의 가족도 점차 경제적으로 힘들어졌다. 조카와 테오는 질병에 걸려 아팠고, 테오의 부인인 조는 밤낮 없는 육아와 남편을 돌보는 일상에 지쳐 있었다. 고흐는 이들의 현실을 보면서, 자신이 도와줄 수 없는 무력감을 느꼈다. 가장이 된 동생에게 계속 의지해야 한다는 죄책감을 안은 채 오베르슈아즈로 돌아왔다. 잠식되어 있던 불안함과 절망감이 그를 다시 휘감았다.

7월 27일 일요일, 고흐는 저녁 7시가 넘은 시각 라부여관을 빠져나와 밀밭을 거닐다가 가슴에 방아쇠를 당겼다. 그리고 이틀 후 세상을 떠났다.

'이렇게 조용한 밀밭에서 총성이 울렸다니! 온 마을을 깨울 정도의 엄청난 굉음이었을 거다.'

고흐는 밀밭에 위치한 오베르슈아즈 공동묘지에 잠들어 있다. 빈센트 반 고흐와 그의 동생 테오의 묘비는 아이비로 가득 덮여있었다. 아직 초봄의

반 고흐 형제(빈센트&테오)의 묘비

아이비는 잎이 피지 않아 앙상하고 보잘것없었다. 묘비는 몹시 추워 보였
다. 대신 위에 놓인 노란 해바라기가 약간의 온기를 주는 듯 보였다.

테오는 평소에도 잔병치레를 많이 하는 허약한 체질이었다고 한다. 자기
형의 죽음을 마주하고 내리 13시간을 고흐의 시신 옆에 계속 있다가 건강이
점점 더 악화되었다. 결국 고흐가 세상을 떠난 지 6개월 후에 테오도 떠났
다. 테오는 바람대로 형 옆에 잠들었다. 그토록 끈끈한 우정을 유지했던 두
형제가 영원히 함께 있는 모습을 보니, 반 고흐도 이제 외롭지 않을 것 같다.

고흐가 세상을 떠난 나이, 서른일곱.

딱 지금의 내 나이다. 내겐 삶의 재미를 잃었던 시기다. 사춘기가 다시 느

1. 인물

44

지막하게 찾아온 건지, 갱년기가 엄청나게 초고속으로 당겨 온 것인지, 당장은 어떤 시기라고 명명해야 할지 모르겠다. 분명한 건 내 인생 최대의 '방황의 시기', '암흑의 시기'라는 거다.

모든 일엔 명암이 있으니 난 이 '암흑의 시기'를 긍정적인 의미로 생각하기로 했다. 잘못된 방향을 멈추고 다시 가야 할 방향을 탐색하는 데에 반드시 필요한 시간으로 말이다. 방황한다는 건 옳을 길로 다시 가려고 하는 과정일 뿐이다.

외로운 시간을 스스로 헤쳐 나가며 긴 암흑의 터널을 빠져나오는 동안 고흐 그림의 강력한 힘을 다시 한번 느꼈다.

Merci! Vincent van Gogh.

고마워! 고흐야.

공원에서 만난 고흐의 동상(못 먹어서 야위었나?)

노란 병동엔 여전히 꽃이 피네

반 고흐의 병원에서 느낀 행복

아를

Arles

4월 4일.

님에서 아를로 향했다.

아를은 반 고흐의 도시라고 할 수 있을 정도로 고흐의 명작과 그의 발자취가 짙게 남아 있는 도시다. 그래서인지 아를을 향하기 전부터 내 마음은 설렘으로 분주했다.

아를은 기원전 6세기에 지어진 도시다. 여전히 고대 그리스와 로마 유적, 유물들이 도심 곳곳에 남아 있다. 론강을 건너는 다리를 지나자마자 켜켜이 쌓인 세월을 머금은 분위기가 느껴졌다. 돌로 지은 건물, 간판, 도보에서조차 고대도시의 흔적이 사람의 패인 주름처럼 감춰지지 않는다.

겨우 하루 반나절 동안만 머물다 다시 떠나야 하는 짧은 일정이지만, 최대한 고흐의 발자취를 따라가 보기로 했다. 고흐의 그림 덕을 보고 있는 '노란 카페', 고흐가 자기 귀를 자르고 들어갔던 '반 고흐 병원', 고향의 향수병

고흐의 그림으로 유명해진 노란 카페

을 달래준 '랑글루아 다리', 네크로폴리스가 남아 있는 '알리캄프', '반 고흐 재단' 등등 가 볼 곳이 넘쳐흐르니, 아를은 빈센트 반 고흐의 테마파크 같은 도시나 다름없다.

고흐의 그림이 달랑 한 작품만 전시되어 있었던 빈센트 반 고흐 재단에 들렀다. 현재 진행 중이던 현대 미술 전시를 관람하고, 고흐 관련 도록 여러 권과 고흐의 잘린 귀 모양을 한 징그럽고 깜찍한 열쇠고리를 구매했다. 이후 반 고흐의 병원L'Espace Van Gogh으로 향했다.

고흐가 머물렀던 병원 외관은 병원이라는 것을 한눈에 드러내지 않아 처음엔 찾기 힘들었다. 병원 건물은 엄청 오래돼 보이는 거대한 대문 뒤에 감춰져 있다. 대문엔 'Hôtel Dieu'라는 문구가 돌에 크게 새겨져 있었다. Hôtel은 시청이나 관공서를 칭할 때 사용하니 장소를 의미하고, Dieu는 신을 뜻한다. 이 둘을 조합해 보면 '신이 지켜 주는 곳'이라는 의미가 될 테니, 종교 관련 기관이라고 추측했다. 그래서 아까 스치면서 보긴 했으나 여기가 고흐의 병원이라는 사실은 전혀 눈치채지 못했다.

다시 찾아가던 길에 그 대문 앞에 다다르게 되면서 알게 되었다. 오뗄-뒤(Hôtel-Dieu)는 종교 관련 단체가 아니라 가톨릭교회가 운영하는 공립 병원이었다는 사실을. 파리에서 651년에 처음 운영되었다고 한다. 이 병원을 찾는 대부분의 사람들은 가난해서 치료받지 못하는 사람들이었다. 시대가 흐르면서 본래 병원의 기능을 잃고, 호텔이나 박물관 등 다른 기능으로 탈바꿈되었다.

아를에 있는 오뗄-뒤는 16세기에 지어져 병원으로 사용되다가 1989년에 '빈센트 반 고흐' 이름을 달아 고흐의 역사적인 장소로 기념되고 있다. 병원의 기능은 사라졌지만, 돌에 새겨진 고대 석간판과 세월에 바랜 멋스러운 입구가 역사적인 장소라는 걸 말해준다.

반 고흐 병원의 입구

반 고흐의 얼굴 조각

고흐가 이 병동에 들어온 건 1888년 12월 23일이었다. 크리스마스 이틀 전, 심각한 우울증을 견디지 못해 칼로 왼쪽 귀 하단 부분을 도려냈다. 그 귀를 고이 종이에 감싸서 매춘부에게 자랑하듯 보여 주었고, 충격을 받은 여자는 소리를 지르며 달아났다. 마을 주민들은 점점 더 괴기한 행동을 하는 고흐의 정신 상태에 충격과 공포를 느꼈다. 이웃들에게 위협적인 존재라 판단되자 고흐는 격리되다시피 이 병동에 오게 되었다. 이곳에서 잘린 귀를 봉합 치료를 받으면서 잠시 일상에서 고립된 생활을 했다. 고흐가 이 병원에서 지낸 건 무려 세 차례였다.

3m는 돼 보이는 높은 대문을 지나니 고흐의 그림에서 봤던 중앙정원이 거짓말처럼 똑같이 재연되어 눈앞에 펼쳐졌다. 중앙정원엔 아이리스, 팬지, 금잔화 등 다채로운 색감의 다양한 식물들이 심겨 있고, 그 정원을 둘러싼 노란색 건물 외벽이 공간을 따스하게 만들었다. 노란색이 우울증을 치유해 주는 색

반 고흐 병원의 중앙정원

이라고 들었는데, 여기 머물던 환자들의 마음을 산뜻하게 만들어 주는 데에 큰 도움을 주었을 거다. 난 그 광경에 환호했다.

고흐가 그림을 그렸던 각도에 설치된 〈아를 병원의 정원〉 판넬

빈센트 반 고흐, 아를 병원의 정원, 1889

"어머, 여기가 병원이야? 아니 무슨 병원이 우리 아파트 화단보다 예뻐?"

이렇게 조성된 정원이 있는 주택이라면 누구라도 탐낼 것이다. 이곳이 병원이라는 생각이 싹 잊혔다. 병원은 정말 가고 싶지 않은 장소 중 하나인데, 이 공간은 사람들이 머무르고 싶게 만든다.

서민들을 위한 병원이었다는 역사적 배경과 귀를 자른 미치광이 반 고흐를 수용해 줬다는 사실 때문일지도 모르겠다.

입구에서 7시 방향에 고흐의 그림 〈아를 병원의 정원〉 판넬이 설치되어 있었다. 고흐의 그림 속 정원 구도와 정확하게 일치하는 각도에 있었다. 이 작품은 〈해바라기〉, 〈노란 집〉, 〈밤의 카페 테라스〉와 같은 작품들에 비해 덜 알려졌지만, 그의 대표작들과 견줄 수 있을 정도로 색감, 구도, 텍스쳐 면에서 볼 것들이 다양하다.

작품의 비대칭 구도는 독특하다. 분수대를 기준으로 길들이 대각선 방향으로 쭉쭉 뻗어 나가고, 삼각형 구도로 배치된 커다란 나무들 덕분에 역동적인 인상을 준다. 고흐의 특유의 붓 자국은 식물들이 조금씩 성장하면서 알록달록한 꽃을 피우는 과정을 연상케 한다. 마치 고흐가 캔버스에 꽃을 심고 씨를 뿌리니, 서풍의 신 제피로스가 입김을 후 불자 봄이 시작하고 만물이 소생하는 것 같기도 하다.

현재는 아픈 환자들 대신 반 고흐를 사랑하는 관광객들이 이 공간을 찾아온다. 그러나 어쩌면 아픈 사람들도 분명히 있을 거다. 보이지 않는 마음, 정신, 혹은 육체가 아픈 사람들…. 처음 보는 이들의 표정은 하나같이 환하고 밝다. 이곳은 여전히 '치유하는 병동'인 건 분명해 보였다.

예전에 어디선가 클로드 모네가 반 고흐의 죽음과 관련해 말한 구절이 생각이 났다.

"꽃들과 태양 빛을 사랑하고, 그것들을 너무나도 잘 표현해 온 작자가 어찌 불행함을 느꼈을까?"[1]
— 클로드 모네

모네의 말처럼 나도 의구심이 들었다. 자연을 사랑하고 자연에 대한 경외감을 느낄 수 있는 사람이라면 다시 털고 일어날 강력한 힘이 내재하여 있었을 텐데. 고흐에겐 그런 힘이 그 당시엔 없었던 거다. 사랑으로 다져진 내면의 힘이.

고흐의 병원에서 나오니, 대문 앞 맞은편에 있는 젤라토 아이스크림 집을 발견했다. 아까는 못 봤는데 나올 때 본 아이스크림 집이 너무 반가웠다. '금강산도 식후경'이라 하니 우리는 젤라토 아이스크림을 하나씩 사서 입에 물

---

1) Martin Bailey,「Studio of the South Van Gogh in Provence」 Frances Lincoln, 2016, p11

었다. 따스한 햇볕을 쬐며 야외에서 아이처럼 아이스크림을 핥아먹는 시간과 여유가 얼마 만인지. 뜨거운 햇살에 아이스크림이 조금씩 녹아 손을 타고 흘렀다. 더 빠르게 녹을까 봐 녹는 속도보다 더 빠르게 핥아먹었다. 젤라토는 달콤했고, 살랑거리는 봄바람과 지중해의 햇살 아래 만족스러운 쉼이었다.

젤라토를 핥아 먹는 행복한 시간

'행복이 별건가? 이런 게 행복이지!'

이 외 가 볼 수 있는 아를 속 반 고흐의 장소

1. 노란 카페: 고흐의 작품 〈밤의 카페 테라스〉의 모티브가 되었던 장소다. 맛이나 서비스는 별로라는 후기가 많아 사진만 남겨도 충분하다.

2. 아를 원형 경기장: 고흐는 이 경기장에서 투우 경기를 즐겨봤다고 한다. 투우 경기를 관람하는 활기찬 군중들을 그린 〈아를의 원형 경기장〉 작품의 모티브가 된 곳이다.

3. 알리캄프: 고대 로마 시대의 많은 묘가 모인 네크로폴리스다. 고흐는 이곳을 자주 산책했고 이 장소를 주제로 한 그림을 남겼다. 석관이 엄청 많아서 혼자 가면 조금 섬뜩할 수도 있으니 햇살 좋은 날 거닐어 보길 추천한다.

꿈이 가득했던 노란 집
꿈과 불확실성은 항상 공존해

아를

Arles

"노란 집"으로 불렸던 반 고흐의 집은 현재는 사라져서 없지만 사람들의 발길은 끊이지 않는다. 고흐의 집은 제2차 세계 대전 중 폭탄 투하 때문에 1944년에 폭파되었다. 대신 그 집터에는 새 건물이 세워져 있다. 노란 집은 역사 속으로 사라졌지만, 난 이곳을 찾고 싶었다. 부푼 꿈과 희망을 가득 안고 있던 시절의 고흐. 그가 살았던 동네를 보고 싶었다.

아를에 오기 전, 고흐는 1886년부터 2년 동안 파리에 머물렀다. 그동안 이전과는 확연히 달라진 작품 스타일을 만들었다. 그러나 바쁘게 움직이는 휘황찬란한 도시 생활과 우중충하고 변덕스러운 파리 날씨는 고흐의 심리적 건강에 악영향을 주었다.

고흐는 따스한 햇살이 내리쬐는 여유로운 시골을 그리워했다. 또한 원대한 계획을 품고 있었다. 파리 몽마르트에 지성인들과 예술가들이 예술적 교류를 하는 집성촌이 생성된 것처럼, 남프랑스에서도 구성하여 작품 활동을 하고 싶어 했다. 아를은 고흐에게 삶에 대한 흥분감과 행복한 기분을 고양시켰다. 그래서인지 그의 '노란 집' 터를 찾을 때는 오베르슈아즈의 라부여관을 방문할 때 가졌던 마음과는 달랐다. 라부여관을 찾을 때는 기분도 좀 다운되고 숙연해졌다면, 아를에선 한결 가벼웠다.

고흐의 집은 아를 마을로 진입하는 입구와 가까운 라마르틴Lamartine 광장에 자리 잡고 있다. 고흐의 집은 실체가 없고 운영되는 기관이 아니다 보니, 주차 공간이 따로 마련돼 있지 않았다. 다행히 바로 건너편에 규모가 큰 슈퍼마켓이 있어서 널찍한 마트 주차장에 주차했다.

라마르틴 광장이 광대한 크기도 아닌데, 고흐의 집이 한눈에 들어오지 않았다. 미리 그 위치에 어떤 건물이 세워져 있는지 알았다면 좀 더 빠르게 찾았을 수도 있었다. 하지만 나의 계획성이 그리 치밀하지는 않았다. '현장에 오면 찾아지겠지.'라는 생각도 있었고 미리 알면 재미없을 것 같았다. '서프라이즈!'하며 내 눈앞에 튀어나오길 바랐다.

우선 고흐가 그린 〈노란 집〉 그림이 그려진 판넬을 먼저 찾기로 했다. 등잔 밑이 어둡다고, 15분 정도 회전 교차로를 크게 돌면서 헤매다가 〈노란 집〉 판넬을 겨우 발견했다. 바로 코앞에 두고 멀찌감치 떨어져서 찾았으니 안보일 수밖에. 게다가 그 건물 앞 광장엔 엄청 커다란 나무들이 심겨 있어서 건물을 가리고 있었다.

빈센트 반 고흐, 노란 집, 1888

노란 집의 터와 그림 판넬

노란 집이 있던 곳엔 연한 미색 벽에 주황색 지붕을 가진 4층짜리 건물이 올라가 있었다. 1층에는 브라세리 겸 식당이 운영 중인 듯하다. 고흐의 방은 2층이다. 그래서 난 현재 건물 2층으로 찬찬히 시선을 올려봤다. 어! 반가운 얼굴이 보였다.

"어머! 고흐 있다, 저기 봐봐!"

반 고흐의 얼굴 부조가 건물 외벽에 붙어 있었다. 그 옛날 노란 집의 고흐의 방 위치를 표식 해 둔 것 같다. 그 옆방이 폴 고갱이 잠시 머물던 방이었을 것이다. 고흐의 얼굴 옆에는 'Terminus & Van Gogh'라고 쓰여 있다.

상권은 바뀌었어도 고흐에 대한 애정 어린 프랑스인들의 마음이 엿보였다. 고흐의 얼굴과 이름을 건물 벽에 새겨 주었다는 것만으로도 멀리서 이 집터를 찾아온 나 같은 관광객들에겐 세심한 배려다.

노란색 집만 눈에서 사라졌을 뿐, 뒤편에 나아 있는 기찻길, 고흐가 걸어 다녔던 길과 광장, 맑은 하늘 그리고 주변을 서성이는 마을 사람들의 모습은 현재도 그림처럼 여전했다.

클로드 모네가 해가 뜬 시간에 자연의 색채들을 담아내는 데 열중하고 있었다면, 고흐는 밤 풍광을 화폭에 성공적으로 그린 인물이다. 밤 풍광을 표현한 대표작으로 〈별이 빛나는 밤에〉가 있지만 세상에 더 일찍 나온 건 〈론강의 별이 빛나는 밤에〉였다. 이 명작은 고흐의 노란 집과 아주 가까운 곳

아침에 바라본 론강의 풍경

에서 탄생했다.

론Rhône강은 노란 집 옆 서쪽으로 3분 정도만 걸어가면 있다. 강가 쪽에는 어린이들의 놀이기구들이 즐비한 카니발이 보였다. 아직 낮이기도 하고 주중이라 그런지 운영하지 않고 방치되어 있었다.

론강은 더할 나위 없이 평화롭고 한적했다. 심심하다는 표현이 더 맞을 것이다. 이 강은 흘러서 지중해와 만난다.

강 앞에 설치된 반 고흐의
〈론강의 별이 빛나는 밤에〉 판넬

난 론강의 풍경을 좀 더 가까이 볼 수 있게 강 옆 둑길로 내려갔다. 론강은 센 느강보다 폭이 훨씬 넓어 보였다. 강의 물결을 따라 옹기종기 모여 자리 잡은 집들, 가로등, 가로수들 그리고 다리들을 보니 지금으로부터 거의 130여 년 전 고흐가 바라봤던 풍경과 다를 바가 없어 보였다. 또한 작품과는 달리, 낮에 본 강 풍광은 물의 색채나 규모, 여러모로 특별하게 감각을 자극할 만한 것은 없었다.

그림에선 강물에 비춘 노란 불빛과 하늘에 수 놓인 별빛들이 찬란하다. 고흐의 작품이 웅장해 보이는 건, 고흐가 이 강을 바라본 자기 내면을 투영해 냈기 때문이다. 그림과 실물을 비교하니 고흐가 얼마나 감정이 풍부하며 표현력이 좋은 사람이었는지 새삼 다시 느낀다.

반 고흐는 이 강변을 자주 서성거렸을 것이다. 작업이 잘되지 않을 때는 넓은 론강을 보면서 흥분된 감정을 가라앉혔을 거고, 고갱과 다투고 나면 강물보다 넓고 높은 하늘을 보며 화를 삭혔을 것이다. 불안감이 올라올 땐 고요하게 흐르는 강물에 불안을 흘려보냈을 것이다. 밤이 찾아오면, 강물에 비친 오색찬란한 인공 불빛들과 밤하늘에 수 놓인 별빛들을 보며 적막 속에서 자신의 길을 찾았을 것이다.

삶은 애매모호함과 불확실성의 연장선이다. 영원히 고정적인 건 아무것도 없다. 반 고흐 역시 불확실성 때문에 수많은 고민을 하며 수백 장의 편지를 쓰고 그림을 그렸다. 그리고 자기 삶의 나침반 같은 밤하늘의 별을 보며 꿈을 꾸었다.

"…아무것도 알 수 없어. 그러나 단순하게 지도에 찍힌 마을과 도시를 나타내는 검은 점들처럼 수놓인 별의 풍경은 항상 나를 꿈꾸게 만들어."

– 테오에게 쓴 고흐의 편지(#638번 편지 – 1888년 7월 9일 혹은 10일) 중[2]

'그렇다면, 난? 내게 꿈을 꾸게 만든 건 뭐였지? 나의 꿈이 뭐였지?'라는 생각이 문득 들었다. 서른 중반이 넘어서면서, "네 꿈은 뭐야?"라고 물어보는 사람들도 줄었고, 나도 마찬가지로 상대의 꿈을 묻는 경우도 사라진다. 그냥 현실적인 이야기, 고민 해결에 관한 이야기를 더 많이 하게 되는 것 같다. 고민의 보따리가 더 큰 사람이 이기는 게임 같달까?

좀 더 어렸을 땐 손에 잡히지 않더라도, 불확실해도, 항상 가능성을 열어두는 삶을 살았는데 어느새 닫힌 결말로 단정 짓는 습관도 생겨버렸다. 꿈을 꾸는 것, 그 자체만으로도 삶의 멋진 활력이 되었던 때가 있었다는 걸 요즘 다시 한번 느낀다. 현실과 타협하는 시간을 꾸역꾸역 먹어 내야 하는 어른의 나이가 되었다는 증거겠지.

빈센트 반 고흐의 밝은 기운이 용솟음쳤던 아를에서 황금빛 〈해바라기〉 연작이 탄생했던 노란 집과 황홀한 밤 풍광을 탄생시킨 론강을 보니, 뿌연

---

2) Van Gogh Museum, "Van Gogh Letter", www.vangoghmuseum.nl/en/highlights/letters/638, (2024.3.1)

안개 속에서 내 꿈이 뭐였는지 나도 곧 찾을 거라는 희망이 생겨났다.

놓치면 아쉬운 아를 마켓

매주 수요일과 토요일에 열리는 활기찬 아를 마켓은 꼭 가 볼 만하다. 리스 도로
Boulevard des Lices와 에밀 콤브 길Boulevard Émile Combes을 따라 상점들이 즐비해
있다. 신선한 과일, 향신료, 치즈, 절임음식, 디저트, 골동품 그릇, 그림, 책, 도자기
등 다양해서 구경하고 맛보는 재미가 쏠쏠하다.

반 고흐의 랑글루아 다리

평범한 일상을 특별하게

아를

Arles

아를의 도심 중심에서 차를 타고 15분 정도 달리니 외곽에는 시멘트공장, 자재 생산 공장과 창고들이 있었다. 콘크리트로 짓는 현대식 아파트도 공사 중이었다. 고색창연한 고대 로마 도시에서 보기 드문 현대적 건축물이 왠지 낯설다.

랑글루아 다리가 보이자, 주변 공터 아무 데나 주차했다. 주민들의 거주지에서 한참 벗어난 곳이라 차가 한 대도 보이지 않을 정도로 외진 곳이었다. 주변은 온통 파릇한 잔디밭과 시냇물이 흐르는 자연경관이다.

이곳에 먼저 와 있던 외국인 커플이 있었다. 이 커플은 한눈에 봐도 수만 명의 팔로워가 있을 것만 같은 여행 인플루언서처럼 보였다. 흰색 그물 망토를 두르고 카우보이모자를 쓰고 있는 금발 여자는 반대편에 있던 남자의 호령에 점프하며 자세를 취했다. 말끔한 셔츠와 반바지 차림인 남자는 타이머

셔터를 누르고 여자가 있는 랑글루아 다리 앞으로 잽싸게 달려갔다. 그리고 선 "뛰어!"를 외쳤다. 둘은 캥거루마냥 폴짝 뛰면서 갖은 멋진 포즈를 취했다.

랑글루아 다리 옆을 보니 자전거 두 대가 가지런히 서 있었다. 남프랑스 자전거 여행을 하는 중이었던 걸로 보였다. 그들은 원하는 베스트 샷을 건 졌는지 카메라에 담긴 사진을 확인하고 자전거를 타고 유유히 사라졌다. 이 들이 자리를 비키고 나서야 한결 조용해졌고 난 랑를루아 다리 근처로 더 가까이 다가갔다.

빈센트 반 고흐, 아를의 다리(랑글루아 다리), 1888

랑글루아 다리 앞 설치된 고흐의 그림 판넬　　　랑글루아 다리

랑글루아 다리는 도시 아를에서 뽀흐드부Port-de-Bouc 지역까지 흐르는 운하를 따라 설치된 여러 다리 중 하나였다. 원래의 랑글루아 다리는 20세기 중반 퇴각하던 독일군에 의해 파괴되었고 운하에 있던 여러 도개교 중 하나를 현재 이 위치에 재설치한 것이라고 한다. 반 고흐가 봤던 실제 다리는 아닐지라도 흡사한 외관을 가진 도개교라도 볼 수 있다니 천만다행이다.

　이 다리는 더블 빔 구조의 도개교라 다리가 열렸다 닫혔다가 하는 기능이 있다. 사람이 건널 수 있게 다리가 열리면 나무 빔들이 하늘로 솟는 천사의 날개처럼 쫙 펼쳐진다. 실제로 보니 생각했던 것보다 오래돼 보였다. 곰팡이나 균으로 인해 목재가 썩는 위험이 있지만 얼마나 관리를 잘했는지 아직도 굳건해 보인다. 현재는 다리를 건널 수 있게 열린 건 아니었다. 워낙 세월이 오래된 다리인 만큼 횡단은 못 하게 접어놓은 상태로 영원한 휴식기에 들어갔다.

목조 도개교를 보는 건 화석을 발견한 것만큼이나 상당히 생소한 경험이었다. 난 너무 신기해서 호기심 어린 눈으로 샅샅이 구조를 둘러봤다. 찬찬히 둘러보던 Y가 물었다.

"고흐가 이 다리를 좋아했대?"

난 답했다.

"응, 좋아해서 여길 자주 찾았대. 고흐가 네덜란드 출생이잖아. 이 다리가 네덜란드의 도개교와 엄청 흡사한 외관을 가지고 있어서 이 풍광을 보면서 고향 생각도 하고 그랬나 봐. 아, 그리고 고흐가 일본문화, 특히 우키요에 목판화를 엄청나게 좋아했어. 이 다리의 풍광이 우키요에 판화처럼 맑고 깨끗한 색감과 단순한 구도를 시도하는 데 영감을 주기도 했대."

한 번도 일본에 가 보지 않았던 고흐는 목판화를 통해 일본에 대한 환상을 꿈꿨다. 일본 목판화의 평면적이고 밝은 색감들이 패치처럼 펼쳐진 특징을 좋아했기에 이 풍광을 보면서 여덟 점이 넘는 유화, 드로잉, 수채화에 도개교의 풍광을 남겼다.

〈아를의 다리〉를 보면 그저 평범한 여름 일상의 모습이다. 19세기의 아를 여자들이 삼삼오오 모여 강가에서 손빨래하고 있다. 고흐가 그림 전반에 사용한 노란색과 하늘색의 대비는 전체적인 그림 분위기를 활기차게 한다. 덕분에 여자들의 수다 소리가 들리는 것 같은 착각이 들 정도다. 뒤편엔 도개교가 열리니 마차 한 대가 지나간다. 특별한 의미나 서사 없이도 이 그림을 보고 있으면 평범한 일상의 평화로움이 그대로 전해져 온다.

고흐가 그림으로 남긴 장소를 직접 보니 왜 세계인들이 고흐의 작품을 사랑하는지 알 것 같았다. 고흐가 택했던 주제들은 시대만 다를 뿐 대부분 너무나 평범한 우리들의 일상이다. 그러나 그의 작품이 특별해 보이는 건 일상적인 소재와 상상을 통해 시도한 대범한 색감과 구도의 조합 때문이다.

사소함과 상상력. 이 두 개의 힘은 창작에 있어 정말 대단한 힘을 발휘하는 것 같다.

다리를 보고 나서 주변을 둘러보았다. 주변은 아무것도 없는 자연의 시작이다. 15분에 차 한 대만 지나갔을 정도로 한적하다.

귓가에 들리는 건 흐르는 운하의 물소리, 새의 지저귐, 그리고 우리의 발소리뿐.

거대한 랑글루아 다리 앞에서

현대 미술 애호가라면 여기도 들러보자

1. 루마 아를LUMA Arles: 아를의 파노라마 전경을 한눈에 넣고 싶다면 이 미술관 꼭대기로 올라가야 한다. 프랭크 게리가 설계한 건축물답게 외관이 독특하고 아름답다. 재미있는 현대 미술 전시가 다양하다.

2. 빈센트 반 고흐 재단Fondation Vincent van Gogh Arles: 아를에서 많은 명작을 남긴 반 고흐의 정신을 되살리며 시대를 넘어 현대 미술에 끼친 그의 창작활동을 기리기 위해 2014년에 설립된 현대 미술관이다. 기획 전시에 따라 고흐의 작품이 한두 개밖에 없을 수도 있다는 점을 알고 있자. (여기선 반 고흐의 작품을 많이 볼 수 있을 거라는 기대는 하지 말기!)

별은 어둠 속에서만 빛나

그의 마음은 찬란했던 생폴드무솔 수도원에

생레미드프로방스

Saint-Rémy-de-Provence

폴 세잔의 아틀리에에서 빠져나와 공용 주차장으로 향했다. 폴 세잔의 빨간 대문을 나오면서 Y가 말했다.

"이야, 폴 세잔은 자리 좋은데 잡았네. 세잔은 그래도 돈이 많았나 봐? 이런 넓은 정원이 있는 아틀리에가 버젓이 있었으니 말이야."

그의 말을 듣고 나도 깔깔대며 동감했다.

"그럼, 고흐랑 세잔은 시작점이 너무 달랐지. 세잔은 금수저 집안이었고, 반 고흐는 아니었지. 집안에서 전업 작가 된다고 했을 때 두 집안이 다 반대하긴 했어. 어쨌든 둘 다 성격이 괴팍한 건 똑같네. 어쩔 수 없나 봐. 예술가들의 성격은."

그리고 보면 역사 속 예술가들은 가난하든 부자이든 다 별난 성격을 가졌다. 이들이 대한민국이라는 배경에 산다고 생각하면 다 "한성격 하는 인물"

이었을 거다. 특히나 자신의 목소리를 최대한 잘 내지 않는 게 미덕으로 여기는 한국에선 더더욱.

가끔 한글을 쓰다 보면 의문을 가지게 하는 부분이 있다. 한국에선 "쟤 성격 있어."라고 말하면 약간 부정적인 어감이다. 그러나 해외에서 "He/She has personality."라고 하면 밝고, 창의적이며 자신의 의견을 말할 수 있는 사람이라는 칭찬의 의미가 있다. 직역하면 같은 뜻이지만 사회적으로 통용되는 말의 뉘앙스는 완전히 상반된다.

사람은 바코드 넘버처럼 개인 고유의 성격을 가지고 태어난다고 생각한다. 그러니 "너 성격 있네!"라는 말은 부정적인 의미가 아니라 "넌 너의 의견을 말할 줄 아는 사람이구나!"라는 의미로 사용되면 어떨까? 오히려 반대로 "성격 없는 사람"이라는 표현이 더 이상하지 않은가? 투명 인간도 아니고….

서둘러 생레미드프로방스로 가기 위해 고속도로로 올라탔다. 생레미드프로방스는 이번 여정에서 고흐의 발자취를 따라가는 마지막 행선지다. 고흐의 일대기 시간 순서를 고려했다면, 오베르쉬아즈를 가기 전에 가는 게 맞지만, 지리적인 위치와 일정을 고려하니 제일 마지막 순서가 되어 버렸다.

생레미드프로방스는 빈센트 반 고흐의 정신적 고통이 최악으로 치달으면서 창작력이 최고조로 폭발했던 곳이다. "성격 있는 반 고흐"가 머물렀던 병동과 수도원의 모습이 너무나 궁금했다.

고흐는 자기 귀를 자르고 나서 아를의 노란 병동에서 지냈었다. 하지만 그 병원은 정신적인 치료를 전담하는 병원이 아니었다. 고흐의 정신병이 더 심해졌고, 정신과 전문의의 진단과 감독이 불가피했다. 결국 고흐는 자신의 의지로 1889년 5월 8일, 생레미드프로방스의 생폴드무솔 Saint Paul de Mausole 수도원으로 들어갔다.

수도원으로 가는 길을 문의하기 위해 난 관광 정보 안내소로 찾아갔다. 이미 그 근방은 공사를 하고 있어서 철조망들이 쳐져 있고 어수선했다. 안내소 정문은 닫혀 있었고, '점심시간' 표식이 붙어 있었다. 큰 유리창을 통해 안에 직원이 있는 게 보였지만, 바깥세상은 다른 세상인 양 눈길조차 주지 않았다.

우리는 발길을 돌렸다. 짜증을 내면 무엇 하리. 로마에 오면 로마법을 따라야 하고, 프랑스에 오면 프랑스 법을 따라야지. 어차피 관광안내소 문은 한 시간 후에 열 테니, 직접 수도원으로 가는 길을 찾기로 했다.

마을 돌바닥만 보면서 가면 찾아갈 수 있다. 헨젤과 그레텔이 길에 버려진 과자 부스러기를 쫓아가듯, 바닥에 박힌 고흐 동판을 따라가면 된다. 그러다 보면 마을 시내에서 벗어나 조용하고 평온한 시골길이 나온다. '이 길이 맞나?' 의심될 때도 걱정은 되지 않았다. 곳곳에 심어놓은 고흐의 그림 판넬들이 거의 20~40m마다 나타나 길을 안내해 주기 때문이다. 길목엔 슈퍼마켓도 보이지 않고, 지나가는 사람은 한 명도 없었다.

생폴드무솔 수도원으로 가는 길을 안내하는 빈센트 반 고흐의 동판과 판넬

시내에서 한 20분 정도 걸었을까? 고흐가 좋아했던 보라색 아이리스가 보이기 시작했다. 햇살이 강해서인지, 시들 때가 온 것인지, 잎들이 타버려 흐물흐물했다. 아이리스를 발견하니, '정말 이곳이 고흐가 지내던 수도원이 구나!'라는 확신이 들었다.

늘 궁금했다. 반 고흐가 제 발로 찾아온 수도원은 어떤 곳이었는지, 어떤 풍경을 보고 지냈었는지. 그래서 어떻게 〈별이 빛나는 밤에〉라는 명작에 온 전히 자신을 쏟아 낼 수 있었는지도. 이 모든 걸 직접 몸으로 느껴 보고 싶 었다.

수도원 내부는 서늘했다. 마치 동굴 속을 들어가는 듯, 체온이 쓱 내려가 잠시 벗어 둔 겉옷을 입었다. 이곳에서 생활했던 사람들이 식사하고 요리했던 부엌과 식사 공간을 둘러본 후 고흐가 지냈던 방으로 향했다. 어, 그런데 Y가 보이지 않았다. 그를 찾기 위해 왔던 길을 되돌아갔다. Y는 어느 문 앞에 서 있었다. 그 문 앞에는 이런 안내판이 쓰여 있었다.

 "그림 수업 중입니다. 외부인은 들어오지 마세요."

 Y는 들어갔다가 멋쩍은 표정으로 "Sorry(미안합니다)!"를 외치며 나오고 있었다. 그 기회를 틈타 나도 빼꼼 들여다봤는데, 스트레치 작업이 되지 않은 커다란 대형 캔버스들이 걸려 있고, 그림 그리는 여자 서너 명이 우리를 보며 키득 웃고 있었다. 이 수도원은 11세기에 최초로 지어졌고, 17세기 초반 정신병 환자 보호 시설로 지정되었었다. 그때부터 지금까지 정신질환자들을 치료하는 병원으로 운영되고 있다. 역사가 오래된 정신과 병동답게, 아트테라피 프로그램을 운영하는 듯했다. 잘 그린 그림들인지 분별할 수 없을 정도로 1초의 짧은 시간이었지만, 마음껏 자유분방하게 표현한 이미지들이라는 건 알아차릴 수 있었다.

 다시 복도 길을 따라 걸었다. 고흐의 방으로 찾아가는 길은 좀 독특했다. 기념품 가게를 통과해서 가야 하는 미로 같은 경로였다. 정신병동으로 사용된 곳이지만, '아무리 못해도 라부여관 방보다는 더 낫겠지?'라는 기대를 안고 걸어갔다.

수도원

수도원 내 중앙정원

식사공간

고흐의 방으로 향하는 복도

드디어 고흐의 방에 도착했다. 역시나 라부여관 방보다 훨씬 상태는 좋았다. 벽은 회갈색에 초록빛이 감돌고 바닥은 얼룩덜룩하게 바란 테라코타 색 타일로 덮여 있었다. 이 조합은 공간을 음침하고 차가워 보이게 했다. 공간 속에는 페인트 자국들로 얼룩진 화판, 나무 이젤, 의자, 침대가 있었다. 입구 가까이엔 안락의자도 있다. 아마 이곳에 갇혀 있는 동안, 독서광이었던 고흐는 책을 읽고 그림도 그리면서 바깥세상 여행을 했을 것이다.

빈센트 반 고흐, 별이 빛나는 밤에, 1889

고흐가 작품을 만들 때 바라봤을 거라 추측되는 풍광

　반 고흐는 이곳에서 위대한 걸작 〈별이 빛나는 밤에〉를 창조했다. 그림처럼 격동적인 느낌을 기대하며 난 창가로 다가갔다. 멋있을 거라 기대했던 풍광 대신 방범창 철근이 내 시야를 가로막았다. 정신적으로 힘든 사람들의 탈출이나 낙상 사고를 막기 위해서 설치를 해 둔 걸 것이다. 좁은 창살 사이로 보이는 건 평화로운 뒤뜰이었다. 댕강 잘려 아직 꽃을 피우지 못한 라

반 고흐의 방

벤더밭, 올리브 나무와 사이프러스 나무들이 보였다. 그림 속 높은 첨탑 교회와 옹기종기 모여 불 켜진 집들을 연상시킬 만한 그 어떤 흔적들은 보이지 않았다.

반 고흐는 동이 트기 전 밝게 빛나는 비너스를 보기 위해 이른 새벽에 기상했고, 비너스가 별들과 함께 밤하늘을 밝게 비춰주는 모습을 바라보았다. 해가 지기 전까지 눈에 담은 것들을 되새김질하며 내면의 소용돌이치는 감정들을 화폭에 쏟아 냈다. 후방에 있는 산 능선, 회오리 문양을 만들어 내는 바람과 구름, 하늘에 닿을 듯 솟아난 사이프러스 나무와 교회가 있는 마을은 모두 고흐의 내면에서 만들어진 이미지들이다.

난 창밖 너머의 잔잔하고 평화로운 풍경을 보면서 생각했다.

'정말이지 예술가는 보이지 않는 것을 드러나게 하는 대단한 기술자란 것을…'

여행을 마치고 한참 후에 고흐 재단에서 구매했던 반 고흐 스페셜리스트의 책을 읽고 나서 뒤늦게 안 사실이다. 내가 봤던 고흐의 방은 실제 고흐의 방이 아니었다. 고흐가 실제로 있었던 방은 현재 정신과 병원으로 개조하여 사용하고 있는 건물 내에 있다고 한다. 그렇다 보니 일반 외부인과 관광객들은 입장이 불가능해서 그 방과 최대한 비슷하게 조성해 놨던 거다.

고흐의 방 건넛방에는 욕조 두 개가 바닥에 놓여 있었다. 평범한 반신욕을 위한 욕조라고 하기엔 비좁고 편해 보이진 않았다. 고흐가 이러한 환경에서 수치료를 받았다는 걸 보여 주기 위해 마련해 놓은 방으로 보였다.

고흐는 우울증과 정신착란도 있었는데, 이 질병들은 자신의 건강관리에 무

감각했던 이유 때문이기도 하다. 파리에 살면서 페인팅 작업을 몸이 축날 때까지 했었다. 과음, 흡연, 커피 과다 섭취, 불규칙한 식사로 영양 상태가 불균형인 건 당연했다. 쾌락을 추구할수록 그의 정신적 질병은 더 악화되었다.

수치료를 위한 욕조

아주 옛날 중세 시대에는 정신병에 대한 공식적인 병명이 전혀 없고, 의사들도 무지했을 때, 정신병을 질병으로 정의하지 않았다고 한다. 그래서 차가운 물을 머리에 직통으로 뿌리면 악귀와 부정 타는 기운들이 머리에서 빠져나간다고 믿었다. 이 방법은 정신질환자를 위한 수치료의 시초가 되었다. 19세기에 반 고흐도 온탕과 냉탕을 번갈아 가면서 하는 치료 일종의 목욕을 했었다고 한다.

다시 1층으로 내려와 아까 마주했던 기념품 가게 뒷문으로 빠져나갔다. 이곳은 수도원의 뒤뜰이다. 자동차의 조급한 경적, 시끄러운 공사 소리, 어떤 잡음 하나 없이 자연의 미세한 소리만 들렸다. 푸른 자연과 함께 900년의 세월을 넘게 버티고 있는 수도원 경관을 보니, 아침 일찍부터 움직이느라 쌓인 피곤함이 싹 달아났다.

374일 동안 수도원 병동에 살며 150개가 넘는 작품을 창조했던 반 고흐.

난 그의 흔적과 발자취를 따라가는 여정의 방점을 여기 생레미드프로방스에서 찍었다. 이번 생이 처음이며, 서른 중반을 맞이한 것도 처음인 내게 빈센트 반 고흐의 존재는 삶의 위안과 용기를 주었다. 내가 그의 삶과 작품을 통해 배운 건 결핍을 열정으로 바꾸는 힘, 자연에 대한 경외심, 그리고 고독은 필연적이라는 것이다.

수도원 뒤 라벤더 밭에서 바라본 전경

한 번 사는 인생, "성격 있게", 재밌게, 창의적으로 사는 삶을 다시 한번 꿈꿔보게 한 반 고흐.

밤하늘의 영원히 빛나는 별이 되길.

Au revoir, van Gogh.

잘 있어, 반 고흐.

생레미드프로방스에 간다면

1. 수도원 앞에 있는 거대한 올리브 나무 부지도 놓치지 말고 볼 것! 사이프러스 나무 다음으로 반 고흐가 즐겨 그리던 주제였다.
2. 앤티크 가구, 옷, 소품을 사랑하는 사람이라면 생레미드프로방스에서 40분 거리에 있는 도시 릴슈라소르그도 들려보기. 운하가 흐르는 마을이라 물길을 따라 거닐거나 물길을 보며 차 한 잔 하는 여유를 가져 보길 추천한다.

작은 사고

이런 길로 왜 인도하니?

생말로
Saint-Malo

맑은 공기로 가득한 시골 풍광을 즐기며 드라이브를 만끽했다. 속도를 자유자재로 높였다 줄였다 하는 날 보며 Y가 말했다.

"운전할 맛 나지? 이제 좀 적응하니까 괜찮지 않아?"

"어, 지금은 좀 적응이 됐어. 재촉도 안 하고 차들이 많지 않으니 운전하기는 너무 괜찮네. 한국도 이러면 난 매일 운전하고 다니겠어."

긴장과 즐거움이 교차했다. 평소에 운전을 자주 하지 않는 편이라 긴장감이 불쑥 올라오기도 했다. 급하게, 무리하게만 하지 않는다면 괜찮을 거라 내 자신을 다독이며 조금씩 운전의 리듬을 찾아 나갔다. 조수석에 있던 Y는 이제야 내심 마음이 놓이는지 머리를 등받이에 기대며 말했다.

"무리하게 추월하려고 하지 말고 그냥 2, 3차선으로 달려. 우리 급할 거 하나도 없으니."

난 지금 생말로를 향해 가고 있다. 생말로는 오늘 하룻밤 자고 가기 위해 들린 도시다.

그리고 이곳에서 '작은 사고'가 일어났다.

오늘 묵을 숙소의 주소를 찍고 GPS가 안내하는 대로 가고 있었는데 뭔가 이상하다는 걸 직감했다. 생말로는 성곽도시이기 때문에 성곽 안에 마을이 오밀조밀 모여 있어 길들이 널찍하지 않다. 차가 다니는 대로라고 해도 매우 비좁은 편이다. 여기가 인도인지, 차도인지 분간이 안 갈 정도였다. 안전 울타리 하나 없는 테라스 자리에서 사람들은 커피와 와인을 마시고 있었다. 창문을 열어 팔을 뻗으면 그들과 하이 파이브를 할 수 있을 거다. 난생처음 이런 골목길을 운전하는 바람에 난 당황했다. 그러다 보니 삐딱하게 말이 나갔다.

"야, 내비(게이션), 너 맞게 길 안내하는 거 맞아? 어떻게 이런 데를 지나가라고 하냐?"

조수석 등받이에 기대고 있던 Y도 몸을 일으켰고 앞, 뒤, 옆을 두리번거렸다. 뒷좌석에 앉아 있던 M은 불안해졌는지 운전석 쪽으로 목을 길게 빼고는 Y의 어깨를 툭툭 치며 말했다.

"여기 가도 되는 길이 아닌 거 같아."

그때였다. '탁' 뭔가 치는 둔탁한 소리가 났다.

"뭐야! 나 뭐 쳤어!" 가슴이 쿵 내려앉았다. Y는 재빠르게 고개를 돌려 상황을 파악했다.

"괜찮아, 저 가게 나무 간판 살짝 치고 지나간 거야. 그냥 가도 돼."

다행히 사람이나 동물은 아니었다. 내 차의 오른쪽 사이드미러가 서 있던 가게 간판을 툭 치고 지나간 소리였다.

'어떡하지? 다시 가서 주인한테 미안하다 해야 하나?'

백미러를 힐끔 보니 성내며 달려오는 사람은 없었다. 가게 주인에게는 내심 미안했다. 간이 콩알만 해져 거의 10km/h 속도로 기어갔다.

에헴, 헛기침을 여러 번 하며 긴장한 마음을 추슬렀다. 숙소 찾기는 잠시 뒤로한 채 우선 큰길로 빠져나가기로 했다.

내비게이션: "20m 앞에서 우회전하세요."

다시 좁은 골목길로 안내하는 GPS의 말을 난 깡그리 무시했다.

"야, 됐네요. 또 이상한 길로 안내하려고?"

내비게이션의 안내를 더 듣기 싫어 볼륨을 '0'으로 줄여 버렸다.

길 따라 쭉 가고 있는데 정면에는 테라스 자리에 오밀조밀 모인 사람들이 있고 어린아이들이 지나가고 있었다. 아까 남의 집 간판을 한 대 치고 온 직후라 정신이 몽롱해지니 앞에 사람과의 거리를 가늠하기 힘들었다. 혹시 모를 인명 사고가 날까 공포감이 엄습했다.

난 기어를 P로 바꾸고 옆 좌석에 앉은 Y에게 SOS를 청했다.

"나 이 골목은 도저히 못 지나가겠어. 도와줘."

주변 사람들은 우리 차를 모두 주목하기 시작했다. 엄청난 부담이다. 난 길에 서서 차가 안전하게 빠져나갈 수 있게 주변 상황을 살폈다. 그리고선 Y에게 수신호를 보냈다. 내 손짓에 맞춰 Y는 침착하게 3mm씩 차를 움직였다.

차 범퍼가 상점 입구 앞에 있는 울타리 부분에 닿을 것 같았다.

"잠깐만, 기다려! 너무 가까워!"

난 조금씩 움직이라고 수신호를 보냈다. 한 프랑스 아저씨는 전전긍긍하며 한국말로 외치는 나와 1mm씩 Y가 움직이는 차의 모습을 지켜보더니 씩 웃는다. 누가 봐도 초행길인 이방인이 굳이 이런 골목까지 기어들어 온 상황이 웃겼을 거다. 우리에겐 다큐였고, 그들에게는 코미디였다.

20분을 헤매던 끝에 미로 같은 좁은 골목을 빠져나왔다. 운전대 잡는 자신감은 잠시 저 아래 지하 바닥으로 추락했다. 얼른 숙소에 드러눕고 싶은 마음뿐이었다.

역사적으로 생말로는 민간인들의 물건을 약탈하던 해적들이 공식적인 허가를 받아 살았던 곳이라고 해서 '해적의 도시'라고 불린다. 이방인인 내가 고요한 마을의 상점 간판을 치고 간 모습이 마치 해적 같았다.

이미 날은 어둑어둑해져 마을 상점들은 대부분 다 닫았고, 바다 풍광을 보기에도 어두웠다. 우린 오늘의 여독을 풀기 위해 저녁 식사부터 하기로 했다. 성곽 안에 있는 'Essence Ciel' 레스토랑으로 들어갔다. 이 식당을 찾은 건 손님이 단 한 명도 없어서였다. 우리가 유일한 손님이었다. 덕분에 빠르게 나온 따듯한 음식들로 배를 채웠다. 그렇게 기나긴 하루의 끝이 저물어 갔다.

모네를 미치게 한 코끼리

에트르타의 코끼리 바위

에트르타

Etretat

아침에 눈을 뜨자마자 제일 먼저 날씨를 확인했다.

오늘 날씨는 흐림. 기온은 9도.

　오늘만큼은 해가 쨍한 맑은 날이길 바랐다. 프랑스 북서부 노르망디의 뻬이드꺼 지역에 있는 해안 도시, 에트르타로 가는 날이기 때문이다. 에트르타는 흰색 절벽과 에메랄드빛 바다가 전부인 자연 풍광이기 때문에, 밝은 자연광이 너무 중요하다. 어쨌거나 날씨는 내 힘으로 되지 않는 거니 배낭에 우산을 넣어 두었다.

　클로드 모네는 지베르니에 터를 잡기 훨씬 이전인 1864년에 에트르타에 처음 왔었다. 아름다운 절벽과 해안가의 풍경에 매료되어 이후에도 에트르타를 다시 찾았다. 1883년~1886년 동안 거의 매년 이 작은 바닷가 마을에 정기적으로 머물면서 무려 90여 개가 넘는 에트르타의 해안 절벽을 화폭에 담아냈다.

90번을 넘게 그린 거라면 대체 얼마나 매력적인 곳이었던 걸까? 한 풍경을 그토록 반복적으로 그릴 수 있다니, 보통의 집요함은 아니다. 인상주의의 대표 화가인 모네는 한 가지 소재를 택하면 그 주제로 시간, 계절, 자연광의 변화에 따라 달라지는 모습을 그렸다. 건초더미같이 특별하게 여겨질 것 없는 일상적인 소재마저도 예술 작품으로 만들었다. 왜냐하면 그는 변화하는 빛과 그림자로 인해 달라지는 자연의 모습과 인상을 캔버스에 포착하는데 능했기 때문이다.

에트르타에 도착해서 난 옷을 더 단단하게 여몄다. 해안가 마을이라 온도가 루앙보다 2, 3℃가량 더 낮은 듯했다. 지금은 휴가철이 아니어서인지 해안가에 있는 집들의 창문 셔터가 내려가 있다. 아마도 휴가철에 돌아올 주인을 기다리고 있는 집들일 것이다. 카약들은 죽은 곤충처럼 거꾸로 뒤집어져 있다. 그래도 추위를 잊은 서너 명의 사람들은 바닷물에서 수영하고 카약을 탄다. 그들을 보고만 있어도 승모근에 힘이 바짝 들어갔다.

어디선가 하늘에 균열이 가는 소리처럼 '우르르 쾅쾅!' 천둥소리가 났다. 천둥이라면 비정형적으로 소리가 날 텐데, 다시 들어보니 메트로놈 소리처럼 규칙적인 패턴으로 났다. 알고 보니 하늘에서 나는 소리가 아니라 파도가 내는 소리였다.

에트르타 해변은 고운 모래사장 대신 자갈들이 깔린 자갈 해변이다. 무수히 많은 짱돌이 셀 수 없이 널브러져 있다. 무심코 장난으로 던진 돌에 개구리가 즉사할 정도로 돌들은 동그랗고 옹골차다. 이 돌들은 세차게 몰려오는 파도에 서로의 몸을 부딪치며 우렁찬 화음을 만들고 있었다.

코끼리 절벽

모네의 작품 판넬

　해안 산책로를 따라 걷다 보면 클로드 모네의 그림 판넬을 마주하게 된다. 모네의 그림은 먼 옛날엔 어떤 풍경이었을지 짐작할 수 있게 해 주었다. 사람들만 바뀌었을 뿐 풍경은 별달라진 게 없어 보였다.

　여전히 그 자리를 굳건하게 지키고 있는 거대한 코끼리 모양의 해안 절벽. '왜 저게 코끼리 절벽이야?'라는 질문조차 불필요하게 느껴질 정도로 절벽들은 명확하게 코끼리 모양을 하고 있다. 세월과 파도에 의해 절벽은 아치 형태로 바위가 깎여 나가 구멍이 생겼고 그 구멍이 점점 크게 깎여 나가면서 코끼리의 두꺼운 코가 형성되었다. 이런 절벽이 하나도 아니고 서너 개가 넘게 생겼다는 사실이 신기하기만 하다.

해안가를 바라보고 서 있을 때 제일 눈에 잘 들어오는 커다란 왼쪽 절벽은 뽀흑뜨다발Porte d'Aval, 오른쪽에 있는 절벽은 라마네뽁흑뜨La Manneporte다. 어차피 이 이름들은 내 머리에 계속 남아 있을 것 같지도 않아 편의상 가장 거대한 절벽을 '아빠 코끼리', 중간 크기의 절벽은 '엄마 코끼리', 가장 작은 절벽은 '아기 코끼리'라 불렀다.

우린 파노라마 경치를 보기 위해 절벽 위로 올라가 보기로 했다. 가장 큰 절벽 두 개가 양쪽 멀리 뚝 떨어져 있으므로 하나만 택해야 했다. '엄마가 좋아, 아빠가 좋아?' 질문에 답을 해야 하는 거다.

잠시 고민하던 M이 말했다.

"우리 둘 중 비교해서 더 짧은 길로 가자!"

안내판에는 왼쪽 절벽 등반은 약 50분, 오른쪽 절벽 등반은 20분 정도 소요된다고 쓰여 있다. 더 고민할 필요 없이 우린 이구동성으로 가장 크고 20분 걸리는 '아빠 코끼리'를 오르기로 했다.

절벽 위에 오르자, 난 깜짝 놀랐다. 여기가 평지인지 절벽 위인지 헷갈릴 정도로 넓고 광활한 녹지가 펼쳐져서다. 산 같은 절벽 위에 이렇게 평평한 대지가 있다니 참 신기한 지형이다. 계속 비가 오락가락하는 날씨 때문인지 땅은 질퍽했다. 진흙탕에 흰 운동화를 더럽히기 싫어 최대한 초록색 잔디밭과 마른 흙을 골라 밟았다.

클로드 모네, 에트르타 절벽의 일몰, 1883

절벽 위에서 바라본 코끼리 절벽

생뚱맞게 절벽 위 건축물 하나가 눈에 들어왔다. 노트르담드 라가르드 예배당Notre Dame de la Garde Chapel이다. 옹기종기 모인 돌들로 담벼락처럼 만든 외관이 인상적이다. 고딕 스타일의 뾰족한 첨탑 지붕은 하늘을 높게 찌르고, 지붕의 각도는 상당히 급격하게 기울어져 있다. 건축에 대한 지식은 부족해도 언덕 위 세찬 바닷바람에 날아가지 않게 최대한 지붕을 좁은 각도로 만든 거 같아 보였다. 어부와 선원들의 안전을 기원하고 보호하기 위해 만들어진 예배당이다. 지금은 운영하진 않는 건지 문이 굳게 닫혀 있었다.

에트르타는 놀라움의 연속이야; 지금이 가장 최적기지. 해변은 보트들로 가득하고 굉장해. 그리고 난 이 모든 걸 더 잘 표현할 수 없다는 내 무능력에 화가 나.   – 1885년 10월 20일 클로드 모네의 편지 중[3]

20대 중반이었던 클로드 모네는 동료들에게 에트르타의 바다 풍광을 보며 매료된 자신의 감정을 편지로 전했다. 절벽 위에서 바라본 코끼리 절벽, 구름 낀 하늘, 바다와 수평선, 끼륵끼륵 소리 내며 하늘을 나는 갈매기, 절벽 위 넓은 초록색 평지, 시원한 바람. 이 모든 자연적 요소는 단순히 눈으로 본다기보다 모든 감각으로 경험하게끔 만든다. 모네도 이 모든 걸 그대로 경험했을 거다. 그는 자연이 보여 주는 걸 눈으로 관찰하며 물감을 캔버

---

3) SeattleArtMuseum, "Monet's Letters: Boats on the Beach at Etretat", samblog.seattleartmuseum.org/2021/09/monet–boats–beach/

스에 빠르게 찍어 자연광이 만들어 내는 빛과 달라지는 분위기를 잡아냈다.

모네의 에트르타 절벽 풍광 시리즈를 보고 있으면 어느 것 하나 똑같은 색감과 구도를 찾아볼 수 없다. 동이 틀 때, 노을이 질 때, 해가 중천에 떠 있을 때, 날이 흐릴 때 등 날씨와 계절에 따라 색감이 다채롭다. 부드러운 상아색을 가진 석회암 덩어리인 코끼리 절벽은 모네가 경험한 시간대에 따라 분홍색, 주황색, 회색, 파란색 혹은 검은색으로 카멜레온처럼 변화했다.

시간은 주저 없이 흐르고 빛에 따른 색은 지속해서 변하기 때문에 매일매일 같은 주제를 그려도 다른 그림을 창조할 수 있는 무한함이 생기는 거다. 모네는 이러한 과정을 즐겼고 야외에서 그리는 풍경화 작업을 점점 더 사랑했다. 에트르타 풍광을 시작으로 〈루앙 대성당〉, 〈건초더미〉, 〈영국 런던 국회의사당〉 그리고 그의 대작인 〈수련〉 연작까지. 그는 자연을 벗 삼아 자기 경험을 시리즈 작업으로 무한하게 창조해 나갔다.

무엇을 경험한다는 건 오롯이 내 몸을 적극적으로 써야 한다는 것만은 아니다. 더 중요한 건 모든 감각과 마음을 최대한 열어야 한다는 것이다. 일상적이고 사사로운 것이더라도 감각에 따라 내가 수용할 수 있는 감각 그물에 걸릴 수 있는 것들은 천차만별이기 때문이다.

모네가 자연광, 자연 그리고 시간이 주는 경험을 그림으로 채화했던 것처럼 난 이 절벽 위에 서서 다시 한번 경험한다.

에트르타는 이번 여행의 세 번째 행선지다. 아직 여행 일정에 초반부라 아이스 브레이킹이 덜 된 사람처럼 모든 환경이 낯설고 조심스럽게 느껴지는 시점이다. 너무나 오랜만의 해외여행이어서인지 즐기는 마음보다 쓸데없는 걱정들이 더 앞섰었다.

코로나바이러스로 인한 아시아 사람에 대한 편견 때문에 불이익이 있지는 않을까?

날 중국인으로 오인하면 어떡하지? (COVID-19 발원지가 중국이라는 이유)

길을 잃으면 어떡하지?

차 타이어에 펑크가 나면 어쩌지?

광활한 에트르타 절벽 위에 서니 쓸데없는 걱정거리들은 자갈과 파도가 내는 웅장한 화음에 부서졌고, 바닷물을 마시는 흰색 에트르타 코끼리 바위는 현실감을 망각하게 했다.

세상에 자연보다 마음을 어루만져 주는 아름다운 예술 작품은 정말 없는 듯하다. 이 사실을 알고도 무모한 도전을 하는 이들이 예술가들이겠지.

절벽 위의 녹지와 바다 풍광

농부의 아들, 밀레의 집

여기선 밥 짓는 냄새가 나는 것 같아

바르비종

Barbizon

바르비종을 떠올리면 영적인 느낌이 가득해진다. 바르비종을 가 본 적도 없는데 이런 이미지를 떠올린다면, 장프랑수아 밀레 Jean-François Millet의 대표 작 〈이삭 줍는 여인들〉과 〈만종〉 때문일 것이다. 농촌 여인들이 허리를 숙여 이삭을 줍는 모습, 허름한 차림의 농부 부부가 하던 밭일을 멈추고 기도하는 모습, 그들을 비추는 역광과 고요한 색감 배합까지. 밀레의 창조적 선택들은 농민들의 고된 노동의 땀방울을 가려 숭고한 분위기를 연출하고 농민들의 평범한 순간도 신성해 보이게끔 만든다. 이 때문에 상상 속에서 그려본 바르비종의 분위기는 밀레의 작품처럼 요란하지 않고 자연의 순리를 아는 목가적인 농촌 시골 마을이었다.

풍텐블로에서 출발해서 가니 15분 남짓 안 걸렸다. 바르비종은 도시 풍텐블로 옆에 붙어 있다. 그렇다 보니 넓은 풍텐블로 숲을 가로질러서 가야 한다. 우리 차는 가르마처럼 숲을 쪼개 곧게 뻗은 퐁텐블로가_{Avenue de Fontainebleau}에 올라탔다. 그 길을 달리는데 "아직도 그 길이야?"라는 말이 나올 정도로 10분 이상을 달려도 끝이 보이지 않는 도로다. 퐁텐블로 숲의 면적은 약 50,000에이커라고 한다. 숫자로 들으면 감이 오지 않는다. 하지만 뉴욕 맨해튼 도시 면적의 3배 정도 달하는 크기라고 하면 얼마나 거대한지 단번에 느껴진다.

아직 오지 않은 봄의 기운을 가득 채우기에 숲은 광대했다. 겨울의 끝자락을 벗어난 지 얼마 안 되었는지 나뭇가지가 앙상한 헐벗은 나무들로 가득했다. 완연한 봄의 모습을 아직 볼 수 없었지만, 키 크고 빼곡한 나무들에 새순이 가득 나고 무성해지는 모습을 충분히 상상할 수 있었다. 옛날부터 왕과 귀족들이 이곳을 왜 사냥터로 지정해 취미 생활을 즐길 수 있었는지 알 것 같았다.

길고 긴 퐁텐블로 가를 빠져나오니 숲에서 들판으로 전경이 바뀌었다. Y는 창밖을 가리키며 말했다. "와! 저기 봐. 초록 카펫이야!"

프랑스의 목초지는 "초록 카펫"이 깔린 것처럼 거대했다. 산이 많은 대한민국에서 쉽게 볼 수 없기에 프랑스에서 자주 마주치는 광활한 평야는 정말 진귀한 풍광이다.

바르비종의 드넓은 평야

그 옆에 설치되어 있는 밀레의 〈만종〉 판넬

　　바르비종의 시내 중심가를 걸었다. 마을의 이미지는 내가 생각했던 것과 사뭇 달랐다. 특징 없는 촌스러운 시골이 아니라 훨씬 더 예술적 감성이 배어 있는 정갈한 도시였다. 이곳을 거쳐 간 미술 작가들의 존재와 역사를 지키려 하는 마을 사람들의 진심이 느껴졌다. 길에 떨어진 쓰레기 하나 없이 깨끗하다. 집 담장과 밖으로 삐죽 얼굴을 내민 식물들, 대문과 지붕의 페인트 색 등 모든 게 심미적으로 가꿔진 모습이다. 임시방편으로 대충 처리해 둔 흔적들은 없었다.

어린 시절 가족들과 찾았던 포천 할아버지 시골집을 떠올려 보면, 집도 나무와 천막 같은 것들로 만들어 놨었다. 집보다는 허름한 농막 같은 느낌이었다. 그게 당연한 줄 알았고 원래 시골은 촌스럽고 다듬어지지 않은 곳이라고 생각했었다. 바르비종도 시골인데 어떻게 이렇게 다를 수 있는 건지.

프랑스가 예술의 나라라더니 시골 사람들에게도 기본적으로 아름다움을 탐닉하는 안목이 장착된 것인가? 아니면 바르비종파 작가들의 예술 정신을 이어 가기 위한 마을 사람들의 노력인 걸까?

예쁜 바르비종 마을의 풍경

오후 2시가 다 되어서야 장프랑수아 밀레의 집으로 갔다. 밀레의 집은 파스텔 톤의 에메랄드색 창문과 문, 흰색 돌벽이 잘 어우러져 밀레의 작품처럼 차분한 곳 같았다. 점심시간이 지나고 2시부터 개장인데 아직 안에 아무도 없는지 문이 잠겨있었다.

10분 정도 지나서야 중년의 여자 직원이 다가왔다. 미안하다거나 조급한 기색 없이 열쇠 뭉치를 가방에서 꺼내 철렁철렁 열쇠 부딪히는 소리를 내며 문을 열었다. 먼저 밀레의 작업실을 지키는 지킴이인 직원에게 표를 구매했다. 직원은 돋보기를 쓴 백발의 할아버지였다. 그는 표 세장을 건네주며 말했다.

"여긴 장프랑수아 밀레가 죽을 때까지 가족과 함께 지내고 작업을 했던 곳입니다. 〈이삭 줍는 여인들〉도 이곳에서 탄생했지요. 공간은 총 세 개고요. 천천히 둘러보시고 궁금한 거 있으시면 언제든지 물어보세요."

대문을 넘고 밀레의 집 현관을 열고 들어간 순간부터 난 19세기로 들어온 것 같았다.

1849년 밀레는 프랑스 혁명으로 인해 혼란기를 겪던 파리 사회와 당시 유행했던 전염병인 콜레라를 피하고자 가족들을 데리고 바르비종에 정착했다. 새로운 근대 사회로 접어드는 도시, 파리는 농부의 아들이었던 밀레에겐 하루하루 전쟁이었다. 바르비종에 온 밀레는 바르비종파 작가들과 함께하며 퐁텐블로 숲의 아름다움을 만끽했다. 그리고 가장 낮은 자세로 고귀한 삶을 사는 농부들의 삶을 바라보면서 안정을 되찾았다.

첫 번째 공간은 사생활이 없어 보일 정도로 완전히 열린 밀레의 작업 공간이다. 층고도 꽤 높다. 한쪽 벽엔 자연광이 힘껏 잘 들어올 수 있게 큰 창이 있었다. 창가 옆 이젤엔 〈만종〉과 〈이삭 줍는 여인들〉, 〈데이지꽃〉 판화 작품들이 전시되어 있다. 창을 제외한 모든 벽면엔 살롱 전시처럼 바르비종 작가들의 회화작품들로 가득하다. 농기구를 끄는 소, 밭 풍경, 노을의 붉은 풍경 등 자연의 풍경화들이 대부분이다.

장프랑수아 밀레의 집

바르비종파 작가들과 밀레의 작품들로 가득한 첫 번째 방

두 번째 방은 조금 더 밀레의 자취가 더 짙게 남은 방이다. 밀레와 그의 가족, 친구, 동료들의 사진들이 많았다. 벽면엔 판화 작업도 가득하다. 벽 공간이 모자라는지 바닥과 의자 위에도 액자들이 세워져 있었다. 대부분 작품들은 밭을 갈고, 씨를 뿌리고, 잠시 누워서 낮잠을 자며 쉬는 농민들의 모습을 담고 있다.

밀레의 집 티켓

밀레를 추종했던 빈센트 반 고흐의 흔적을 발견했다. 반 고흐가 밀레의 작품을 사랑하고 그를 존경했다는 사실은 공공연하게 알려진 사실이다. 아마 밀레가 없었다면, 빈센트 반 고흐도 존재하지 않았을 거다. 고흐는 자신의 편지에 "밀레는 무엇보다도, 그 누구보다

도 인류의 화가다."라며 그에 대한 찬사를 아끼지 않았다. 또한 이 둘은 공통으로 '사람다움'을 보는 눈과 자연이 인간에게 선물하는 아름다움을 너무나도 잘 알고 있는 작가들이다.

밀레의 집 관리자는 고흐가 밀레의 작품을 모방해서 그린 다양한 그림들을 친절하게 바인더에 아카이브로 만들어 놓았다. 왼쪽 페이지에는 밀레의 그림, 오른쪽 페이지에는 고흐의 그림 이미지들이 있다. 파일을 한 장씩 넘겨보면서 고흐가 생각보다 밀레의 많은 작품을 모방해서 그렸다는 걸 알 수 있었다.

밀레의 드로잉과 판화 작품들이 많은 두 번째 방　　바르비종파를 함께 이끌어 가던 테오도르 루소와 밀레

마지막 방으로 입장했다. 높은 창 덕분에 채광이 좋은 공간이다. 현대적인 작품과 옛날 판화들이 뒤섞여 있었다. 부조 장식으로 고전적인 아름다움을 가진 상아색 벽난로가 보였다.

직원은 둘러보던 우리를 지켜보더니 공간에 관해 설명해 주었다.

"이곳은 옛날엔 밀레가 부엌으로 사용했던 공간이랍니다. 여기에서 요리도 하고 밀레 가족들이 식사했던 곳이었지요."

밀레의 자식은 아홉 명이었다. 밀레와 부인까지 합하면 열한 명의 대식구다. 이렇게 비좁은 곳에서 대식구들이 살았다는 게 믿기지 않아 천장을 한 번 보고 다른 벽면을 기웃거렸다. 다른 방으로 향하는 계단이나 숨겨진 문이 또 있지 않을까? 하는 마음으로. 하지만 그런 건 없었다.

농민의 피를 갖고 태어난 장프랑수아 밀레. 밀레는 작품의 혁명성과 그의 명예에 비하면, 농민의 삶처럼 소박하고 소탈한 삶을 살았다. 그는 매년 반복되는 농민들의 고된 육체노동과 수확을 기다리는 간절한 마음을 머리가 아닌, 온몸으로 아는 인물이었다. 그랬기에 농민의 노동 가치를 신성하고 아름답게 바라볼 수 있는 눈을 가질 수 있었던 것이다.

역시 공간은 주인을 닮나 보다. 멀리서 다시 바라본 밀레의 집 굴뚝에선 밥 짓는 연기가 날 것 같은 푸근함이 느껴진다.

바르비종파 화가들에 대해 더 깊이 알고 싶다면

1. 바르비종 미술관Musée des Peintres de Barbizon은 꼭 들려보기! 원래 여관으로 사용되던 건물이다. 바르비종의 자연경관을 그리기 위해 찾은 작가들이 머물던 장소이자 작업실로 사용되었다. 바르비종파 작가들의 생활공간과 벽에 그렸던 그림들도 여전히 남아 있다.
2. 바르비종 마을과 인접한 퐁텐블로 숲 입구로 가서 바위에 박힌 밀레와 테오도르 루소의 얼굴과 코끼리 바위를 찾아보자!
3. 밀레의 친구 테오도르 루소의 집도 있으니, 시간이 충분하다면 들려 보자.

오랜만이네요, 폴 세잔

붉은 대문의 아틀리에

엑상프로방스

Aix-en-Provence

난 갔던 길을 또 가는 걸 선호하지 않는 편이다. 동네 슈퍼를 갈 때, 산책할 때, 카페를 갈 때, 가끔은 항상 다니던 익숙한 길을 벗어나 다른 길을 택해서 걷곤 한다. 조금 더 돌아서 가는 길이라 해도 다른 풍광을 보면서 갈 수 있기 때문이다. 새로 생긴 가게가 뭐가 있는지 둘러보고, 좋아하는 카페가 아직 있음에 안도하기도 한다. 목적지는 같아도 가는 길에 변화를 주는 게 재밌다. 현실적으로 멀리 여행을 갈 수 없을 때 하는 소소한 일상 중 하나다.

그러나 여행을 말할 땐 좀 다르다. 여행에서 가장 중요한 건 시간과 돈이다. 이것들을 고려해 보면, 한 번도 발자취를 남기지 않았던 목적지를 찾아가는 게 더 낫다. 하지만 이번 여행에서는 10년 전에 갔었던 폴 세잔의 아틀리에를 재방문했다. 기억이 나지 않아 다시 보고 싶었다. 엑상프로방스는 프랑스 남부로 내려갈 때 관통하는 위치에 있는 대도시였기에 재방문이 어렵지 않았다. 마침 세잔에 관해 관심 있는 Y와 M도 흔쾌히 응해 주었고, 간 김에 오랜만에 매콤한 고향 음식도 먹기로 했다.

폴 세잔 아틀리에 근처에 있는 공용 주차장에 차를 세우고, 아틀리에 방향으로 발걸음을 옮겼다. 아침을 먹지 못해 허기진 배를 잡고 걷고 있는데, 갑자기 한국말로 누군가가 말을 걸어왔다.

"저기, 한국분이죠?"

돌아보니 이십 대로 보이는 딸과 함께 여행 중이던 어머니였다.

"혹시 기차 파업이라고 하는데 어떻게 이동하세요?"

"저희는 차를 대여해서요. 파업 얘기는 들었는데…. 기차도 내일부터 파업이래요?"

"네, 내일 다른 도시로 넘어가야 하는데, 지금 모든 기차가 다 운행 취소가 된 상황이라 너무 난감해서요. 어찌하실 예정인지 여쭤봤습니다."

아주머니와 딸의 얼굴에는 걱정하는 모습이 역력했다. 그러고 보니 3월부터였나, 아니면 훨씬 그 전부터 뉴스로 접한 프랑스는 온갖 시위로 꽤 심란했었다. 파리는 미수거된 쓰레기가 산더미로 쌓여 쥐가 도시 한복판을 돌아다니고, 악취가 나는 도시가 되어 버렸다는 뉴스를 접했었다. 교통 파업도 이어지며 비행기, 기차 등 모든 교통수단이 급작스럽게 취소되거나 결항하는 사태들도 발생했다. 이 때문에 프라하에 체류하고 있었을 때 나도 혹시 파리행 비행기가 갑자기 취소되는 건 아닌지, 엄청 불안했었다. 하루만

밀려도 여행 계획이 틀어지는 게 더 골치 아파서다.

세잔의 집으로 향하고 있던 모녀에겐 특별히 도움을 줄 수 있는 건 없었다. 고속버스는 운행할 테니 버스부터 먼저 빨리 예약하는 게 좋겠다는 말을 건넸고 우린 같은 방향으로 걸어갔다. 이들도 세잔의 아틀리에로 향하는 길이었다.

폴 세잔의 아틀리에를 대표하는 빨간 대문

비탈길을 오르자, 세잔 아틀리에의 상징인 적색 대문이 나왔다. 첫 타임인 9시 반은 마감이 되어 10시 입장표를 구매했다. 아까 길에서 만난 모녀는 어제 예약 안 하고 왔다가 허탕 쳐서 예약 후 오늘 다시 온 거라고 했다. "일찍 오시길 잘하셨네요, 재밌게 보세요."라는 말을 남기며 아주머니는 딸과 세잔의 작업실로 올라갔다.

세잔의 작업실 정원은 10년 전에 왔을 때나 지금이나 별반 다르지 않았다.

큼지막한 나무들이 우거져 나무 터널을 형성한다. 계절마다 피는 꽃의 씨앗을 심고 종의 색을 고려해서 배열한 클로드 모네의 정원과는 다르게 그 흔한 꽃 화단도 없다. 사람의 잔 손길과 관심 없이도 알아서 스스로 커야 하는 정원 같다. 만질만질하게 핀 잡초도 잔디 풀로 인정받을 수 있을 정도다. 건조하고 거칠어 보이는 정원이 폴 세잔의 괴팍하고 거친 성격과 닮은 듯하다.

오전 10시.

유선형의 우아한 계단을 올라 세잔의 방이 있는 2층으로 올라갔다. 마치 놀이공원에서 놀이기구를 탑승하는 듯 설레었다.

"어? 여기가 세잔 작업실이 진짜 맞나?"

입장하는 순간 의아했다. 10년 전과 비교하면 공간이 협소하게 느껴졌다. '세잔의 아틀리에 방을 다른 방으로 이전했나?'라는 의심이 스쳤고 잠시 복도 쪽을 내다보았지만, 맞은편에 다른 방은 따로 없었다.

2층 아뜰리에로 향하는 계단(붉은 테라코타와 올리브 색의 조화가 아름답다.)

세잔의 아뜰리에 내부 전경

자연과 가깝게 해 주는 커다란 통창

세잔이 좋아했던 정물들

    공간, 작품, 심지어 키우는 반려견도 주인을 닮는다는 말이 있듯 세잔의 아틀리에 내부는 세잔의 작품 그 자체였다. 세잔이 사용하는 색들을 보면, 어딘지 모르게 탁하다는 인상을 준다. 맑고 청아한 느낌을 난 한 번도 받아 본 적이 없었다. 아마도 이 점이 내가 세잔 작품에 그다지 매료되지 못했던 가장 큰 이유일 것이다.

    회갈색 회반죽으로 덮인 벽, 월넛 색 앤티크 가구, 삐거덕 소리를 낼 것 같은 오래된 이젤은 공간을 어둡고 음침하게 만드는 듯 보인다. 회색 먼지와 세월에 빛바랜 그의 물건들은 공간의 채도를 낮춘다. 그가 그림을 그렸던 공간을 다시 보니, 폴 세잔의 묵직한 색의 출처가 어디였는지 단번에 이해가 되었다.

이 엄중한 분위기를 상쇄하는 건 양쪽에 설치된 거대한 통창이다. 그리드 프레임으로 제작된 커다란 창문엔 방충망이나 방범창도 없이 한 벽면을 모두 차지한다. 뒷마당에 청명한 파란 하늘과 초록색 나무들이 마치 한편의 풍경화처럼 창문 프레임에 쏙 들어온다. 천고는 눈대중으로 봐도 4m 이상 돼 보인다. 거대한 캔버스 작업하는 데에 완벽한 공간이다.

공간을 가득 메운 오브제들은 무질서의 향연이다. 세잔은 정리에는 소질이 없어 보인다. 세잔이 주로 그림 주제로 그렸던 티팟, 화병, 주전자 등 다양한 식기들과 장식용 병들이 줄지어 있다. 물건들이 올려진 선반은 방의 긴 벽을 가로지르는데, 세월과 물건의 무게 때문에 중간이 휘었다.

앞 테이블에는 미술계에 큰 화제를 불러일으켰던 세잔의 사과들이 배치되어 있다. 사과만큼은 직원이 주기적으로 갈아주는 건지 한입 베어 먹고 싶을 만큼 반짝거리고 탐스럽다. 폴 세잔은 자기 여성 모델이 움직이지 못하게 잔소리하면서 그림을 그린 것으로 유명하다. 그의 모델을 했던 여인은 두 번 다시 돌아오지 않는다는 말이 있을 정도이니, 그가 인물보다 풍경과 정물화를 택한 것은 그의 성격에 아주 최적화된 선택이었다.

세잔이 이런 훌륭한 아틀리에를 소유할 수 있게 된 건 그의 부유한 집안 덕분이다. 세잔의 부친 루이 오귀스트 세잔은 사후에 가족들에게 막대한 재산을 남겼다. 그 덕분에 폴 세잔은 47세가 되던 해에 경제적 자유를 얻었다. 근교 자드부팡Jas de Bouffan에 있던 가족 소유 토지 건물을 모두 처분하고 엑상프로방스에 토지를 매입해 자신이 직접 구상한 도면으로 현재의 작업실을 지었다.

세잔은 설계 시 북쪽 벽은 거의 전체를 유리창으로 덮고, 남쪽은 두 개의 창문을 만들어서 자연광이 작업실 내부로 하루 종일 들어올 수 있게 신경을 기울였다. 또한 자신이 좋아하던 주제, 생 빅투아르 산 풍경도 창을 통해 한눈에 들어오게 했다. 자연풍경과 통창, 높은 층고, 거기에다 정원 딸린 이층집이니 누구든 꿈꾸는 작업실이다. 세잔은 이 아틀리에 공간에선 숙식은 하지 않고, 일만 하는 작업 공간으로 사용했다. 1902년에서 1906년까지 매일 여기서 작업을 했다. 생각보다는 짧은 시간이다.

난 뒤늦게 폴 세잔의 작업실이 이렇게까지 현존할 수 있던 이유가 궁금해져 찾아봤다. 세잔이 세상을 떠난 후 아틀리에는 15년간 문을 닫았다. 이후 1921년, 세잔의 작품을 사랑했던 역사학자이며 작가인 마르셀 프로방스는 세잔의 아들에게서 아틀리에 건물을 매입했다. 프로방스는 2층 세잔의 작업실은 그대로 두고, 생을 마감할 때까지 1층에 자신의 생활공간을 조성해서 거주했다. 그러면서 방치돼 있던 시설들을 다시 재정비했다. 세잔의 후원자들은 세잔이 근대 미술사에 남긴 유산과 명성이 퇴색되지 않도록 각국 여러 매체에 나온 세잔의 기사들을 수집해 출판 작업도 했다.

그러나 폴 세잔의 작업실은 다시 사라질 위험에 처한다. 누군가가 도시개발로 이 부지를 사들이겠다는 제안을 했고, 폴 세잔의 애호가였던 제임스 로드와 미술사학자 존 리월드는 "세잔 기념 위원회"를 만들었다. 위원회는 세잔을 기리고자 하는 미국인 114명을 모았고[4] 그들의 도움과 후원 덕분에 아틀리에 부지를 인수했다.

마침내 세잔의 작업실은 엑스-마르세유대학교에 기증되면서 폐장 위기에서 벗어나게 되었다. 오늘날의 세잔 아틀리에는 1954년, 처음 대중에게 개방되면서 현재까지 남게 된 것이다.

정말 예술의 힘은 대단하다. 국경의 한계를 잊고 세잔의 업적과 역사가 사라지지 않게 하도록 사람들을 똘똘 뭉치게 만드니까. 정말 좋아하는 작가를 위해 기꺼이 후원하며 끝까지 지키려 하는 열정은 머리로 되는 게 아니라 정말 가슴에서 우러나와야 가능하다는 걸 다시 깨닫게 된다.

4) Michel Fraisset, 『Atelier de Cezanne』(ENG), Editions aux Arts, p18

엑상프로방스를 즐기려면

1. 세잔의 아뜰리에는 미리 온라인으로 예약하는 걸 추천한다. 아뜰리에 장소가 협소해서 30분 단위로 관람 시간이 정해져 있다.
   www.cezanne-en-provence.com
2. 여행 중 떡볶이와 한국 김밥을 먹고 싶다면 엑상프로방스의 'NAYA'를 추천한 다. 김밥이 정말 맛있는 요리란 걸 다시 알게 해 준 곳이다.

앙리 드 툴루즈로트렉 미술관

학창 시절부터 와 보고 싶었던 곳

알비

Albi

붉은 도시 알비의 전경이 점차 가까워지고 있다. 지붕과 벽면 모두 붉은 벽돌로 만들어진 도시 알비는 역사적으로 900년의 세월을 담고 있는 교주의 도시이며 유네스코 세계 문화로 선정된 도시다. 먼발치에서 본 도시의 모습은 신이 빗물에 촉촉해진 질 좋은 황토로 마을을 빚어 놓은 것 같았다.

알비는 언젠가는 가겠다고 항상 벼르고 있던 곳이었다. 알비를 찾고 싶었던 이유는 화가 앙리 드 툴루즈로트렉 Henri de Toulouse-Lautrec의 고향이기 때문이다. 그의 작품을 좋아하다 보니, 난 그가 어떤 환경에서 어떤 걸 보고 자랐는지 항상 궁금해했다.

직접 본 알비는 중세 시대를 배경으로 한 영화 세트장 같았다. 붉은 벽돌로 쌓아 올린 건물들 때문에 마을이 전반적으로 웅장하고 고전적인 느낌이 강했다. 특히 알비 대성당은 한눈에 봐도 너무 독특한 외관 때문에 눈길을 끌었다. 유럽에서 흔히 봐왔던 고딕양식의 성당과 매우 다른 외관을 갖고 있었다. 바오밥 나무들을 여러 개 묶어 타워를 세운 듯 외벽이 울룩불룩했다. 성당보다는 요새 같은 느낌이 더 강했는데, 역시나 이 건축물은 적으로부터 안위를 지키기 위해 군사적인 목적으로 설계된 거라 한다. 제아무리 스파이더맨도 미끄러운 알비 성당의 외벽은 타고 오르기 힘들어 보인다.

로트렉 미술관 전경

알비 대성당의 웅장한 외관   섬세한 외관 장식

성당 옆에 인접해 있는 바르비 성Berbie Palace은 현재 툴루즈로트렉 미술관으로 운영되고 있다. 미술관에 도착했는데 이미 앞에는 스무 명이 넘는 사람들이 줄을 서 있었다. 궂은 날씨임에도 불구하고 로트렉의 작품을 보러 온 사람들은 많았다. 이곳의 로트렉

촘촘한 붉은 벽돌

미술관이 특별한 건 로트렉의 초기 작품들과 비교적 잘 알려지지 않은 작품들을 볼 수 있다는 점이다. 로트렉의 어머니는 이른 나이 36세에 먼저 세상을 떠난 아들의 작품들을 소장하고 있다가 기증했고 이 작품들이 모여 로트렉 미술관이 존재할

예술적 온도를 가뿐하게 올려준 화가들

수 있었다.

알비 로트렉 미술관에서 꼭 봐야 할 작품들

앙리 드 툴루즈로트렉, 흰 말 가젤, 1881

앙리 드 툴루즈로트렉, 물랑가의 살롱에서, 1894

앙리 드 툴루즈로트렉, 거울 앞의 자화상, 1882 – 1883

앙리 드 툴루즈로트렉, 스타킹을 신고 있는 여자, 1894

여기엔 그가 작품 활동 초기에 주로 그렸던 동물 회화와 스케치들이 많았다. 초기 작품들은 꽤 흥미로웠다. 왜냐하면 이미 알려진 유명한 작품의 전 단계 과정이기도 하고 아마추어 시절의 미숙함도 볼 수 있기 때문이다. 난 작가들의 걸출한 대표작들도 물론 좋아하지만, 그들이 끄적거렸던 메모나 스케치들에 더 매료된다. 스케치에는

붉은 벽돌로 쌓아올린 천장과 벽을 그대로 살린 바르비 성 전시 공간

작가의 망설임, 시도, 그리고 가능성이 응축되어 있기 때문이다.

동료 작가들이 그린 로트렉의 초상화들이 내 시선을 사로잡았다. 에두아르 브이야르, 르네 프랑스토, 샤를 모랑이 그린 로트렉의 모습은 각자 개성이 뚜렷했다. 로트렉은 자기 모습을 그림 속에 그려 넣을 때 줄곧 하반신을 가리고 이목구비도 흐릿하게 표현했다. 난쟁이 같은 신체를 숨기고 싶어서다.

그러나 그를 그린 친구들은 "정상인"처럼 미화하지 않았다. 난쟁이라는 신체적 약점을 적나라하게 그림으로 폭로하는 것처럼 보이지만, 어딘지 모르게 사랑스러움이 배어 있다. 백설 공주 속 난쟁이처럼 보이기도 하고 재치 있게 생긴 털보 아저씨, 배를 힘껏 내민 술주정뱅이처럼 다양한 역할을 하는 캐릭터 같다.

특히 르네 프랑스토가 그린 〈열아홉 살 앙리 드 툴루즈로트렉〉속 로트렉의 측면 모습은 열정과 자신감에 불타오르는 모습이다. 주황빛이 감도는 붉은색의 배경이 불처럼 그를 휘감았고 로트렉은 바지 주머니에 손을 넣은 채 당당하게 서 있다.

르네 프랑스토, 열아홉 살 앙리 드 툴루즈로트렉, 1883

예술가들은 자신의 결핍을 세상에 드러낼 수밖에 없는 사람들이다. 그 결핍이 삶의 원동력이자 작품 활동을 지속하는 데 꽤 멀리 가는 강력한 연료가 된다.

앙리 드 툴루즈로트렉은 그의 신체적 핸디캡을 태생부터 드러낼 수밖에 없는 운명을 안고 살았다. 근친혼으로 이뤄진 부모님의 관계로 인하여 선천적으로 허약하고 변형된 신체를 가지고 태어났다. 게다가 낙상 사고로 대퇴골을 다치면서 신체 성장은 멈춰버렸다. 성인이 되어도 성장한 로트렉의 키는 140cm 정도밖에 되지 않았다. 부유하고 뼈대 있는 가문의 아들로 태어났으면 말을 타고 사냥하며 멋진 남성미를 뽐내며 살고 싶었을 거다. 그는 난쟁이 육체에 갇혀 버려 활동성에 한계를 느꼈고 대신 그 에너지를 손끝으로 바꿔 누구도 대체할 수 없는 율동적인 크로키와 회화작품들 그리고 상업 포스터까지 완성했다. 작은 몸뚱어리 안에서 이런 대단한 창작물이 쏟아져

나올 수 있다는 게 믿기지 않는다.

　전시관이 꽤 넓어, 이리저리 목을 빼고 다니며 그림을 보고 있었다. 그런데 갑자기 숏 커트 머리를 한 중년 여성이 내게 다가와 말을 걸었다.

"저기요, 사진 찍으면 안 돼요!"

예상치 못한 목소리에 난 깜짝 놀랐다.

"어, 그래요? 여기는 사진 찍으면 안 되나요?"

여자는 단호하게 "Oui(네)" 대답했고, 난 핸드폰을 허리춤으로 내렸다. 여자는 옆 전시장으로 빠져나갔고, 순간 갑자기 억울한 마음이 올라왔다. 선생님께 꾸중 맞은 학생이 된 기분이다.

'저 아줌마 왜 저러지? 아까부터 나를 지켜봤던 건가?'

　"사진 촬영 불가"라는 경고문은 입구에서 본 적도 없고 아까 내 뒤에 지나가던 전시장 지킴이들도 사진 촬영에 어떤 제지도 가하지 않았었다. 괜히 오지랖 넓은 아줌마한테 걸려 핀잔만 들은 거다. 새초롬해진 나의 표정을 본 M은 다들 사진 찍고 있는데 별말 없다며 무시하라고 다독였다. 얼굴도 이름도 모르는 아주머니의 경고에 머쓱해져 기분이 가라앉았다.

　바르비 성 정원으로 나가면 아름다운 알비의 풍광과 정원을 볼 수 있다. 로맨틱 영화에서 남녀가 함께 거니는 장면을 볼 법한 오래된 도시의 전경이다. 앞에 흐르는 타른Tarn강과 '오래된 다리'라는 의미의 붉은 퐁뷰Pont Vieux 자체만으로도 깊은 가을 느낌이 물씬 났다. 여기가 옛날에 주교가 살았던 곳이라니 최고의 명당인 건 틀림없다. 붉은 장미 같은 알비 도시 풍광을 바라보며 모든 걸 다 거머쥔 듯한 종교의 권력을 간접적으로나마 느낄 수 있었다.

미술관 정원에서 바라본 퐁뷰 다리와 타른강

대학생 때 문득 가무족족한 붉은 알비 도시 풍경 사진을 보며 '여긴 대체 언제 가 보려나?' 막연하게 생각했었다. 그런데 진짜 여기에 있지 않은가!

계속 마음 한쪽에 원하는 걸 간직하고 있다면 언젠가는 그게 현실로 이뤄지긴 하나 보다. 내 버킷리스트에서 하나를 지웠으니 또 다른 것으로 채울 빈칸이 생겼다. 어떤 흥미로운 것으로 또다시 채워 볼까?

신비로운 대성당을 찾는다면

로트렉 미술관 옆 알비 대성당은 반드시 가봐야 하는 곳이다. 장식적인 패턴의
벽화로 빈틈없이 벽을 메운다는 게 어떤 건지 체감할 수 있는 독특한 성당이다.
파란색과 금색의 조화가 이제껏 보지 못한 엄청난 웅장함을 자랑한다. 여태까지
본 유럽 대성당 중 BEST 3안에 들 정도로 근사하다.

미술관 정원

마르크 샤갈이 잠든 동화 마을

예술가들이 여기에 모일 수밖에

생폴드방스

Saint-Paul-de-Vence

어린 시절에는 특별한 미술사 지식 없이 바라본 "색채의 마술사", 마르크 샤갈Marc Chagall의 그림을 참 좋아했다. 마치 동화 나라의 한 장면을 보는 듯했다. 하늘을 날고 있는 연인들의 모습은 사랑의 기쁨과 환희로 가득하다. 그림에 자주 등장하는 동물들은 땅과 하늘 구분 없이 제멋대로 날아다니기도 하고, 사람과 따스한 포옹을 한다. "예술이란 사랑의 표현이어야 한다. 그렇지 않으면 아무것도 아니다."라는 샤갈의 말처럼 그의 회화는 사랑의 빛으로 가득하다.

그러나 언제부터였을까? 샤갈의 하늘을 날아다니는 사람들, 동화 속 마을, 꿈같은 오색찬란한 색감들이 눈에 잘 들어오지 않았다. 유치하다는 인식이 더 커졌다. 현실 속에선 땅에 발을 붙이고 살아야 하는 게 잘 사는 거라는 인식, 현실적으로 더 안전하다는 믿음이 점점 커지면서 비가시적이고 초현실적인 꿈같은 것들은 이질적으로 다가왔다. 만화 영화와 동화에서나 심심치 않게 일어나는 기적들은 나와는 크게 상관없다고 생각했다. 이때부터 샤갈의 그림은 내게 어떠한 특별한 감동도, 전율도 주지 못했다.

샤갈은 작은 중세마을 생폴드방스를 너무 좋아한 나머지 거의 20년을 살다가 이곳에서 생을 마감했다. 내가 이 마을을 찾은 건 특별히 마르크 샤갈의 흔적을 따라가기 위한 목적은 아니었다. 반 고흐의 흔적을 느끼고 싶어 아를, 오베르슈아즈를 찾은 것과는 달랐다. 그저 동화같이 예쁜 마을이라는 얘기를 익히 들어서 생폴드방스 마을을 체험하고 싶은 마음, 그 이상 그 이하도 아니었다. 내친김에 잊고 살았던 샤갈의 위대한 존재도 다시 일깨워봐도 좋겠다는 가벼운 마음뿐이다.

생폴드방스는 소도시 칸느슈르메르와 방스 사이 언덕에 자리 잡고 있다. 차를 타고 달팽이 집 같은 도로를 뱅글뱅글 돌면서 마을로 올라갔다. 이른 아침부터 움직이느라 여태 공복 상태였다. 본격적으로 마을을 보기 전, 광장에 가장 크게 자리 잡은 카페드라 플라쓰Café de la Place에서 아침을 먹기로 했다. 우리보다 부지런히 움직인 사람들은 일찌감치 테라스 자리를 잡고 바게트와 에스프레소로 아침 식사를 하고 있었다. Y와 M은 아메리카노와 바게트를, 난 홍차와 치킨 치즈 파니니 샌드위치를 주문했다.

커피와 바게트로 간단한 아침

이른 아침, 마을의 카페테라스에 앉아 차 한 잔을 하며 기다리는 이 여유가 참 반갑다. 철 지나면 이동하는 메뚜기 떼처럼 하루걸러 아침마다 짐을 싸 차에 싣고 또다시 도시를 옮겨 다니는 일정이 2주 넘게 지속되었다. 그러나 지금은 남부에 내려오니 도시 간의 이동 거리가 확연히 짧아졌다. 짧으면 15분, 길어도 30분 내외로 도시 간의 이동 시간이 단축되니 덩달아 아침 시간도 여유가 생겼다. 산뜻한 아침 햇살을 맞으며 파니니를 먹는 이 순간이 귀하다.

소도시 마을에선 공중화장실 찾는 것도 큰일이라 자리를 뜨기 전에 카페 화장실에 들르기로 했다. 화장실은 건물 지하에 있다. 옛날 건물답게 이 레스토랑도 미로처럼 화장실을 지하 구석에 꼭꼭 숨겨놓았다.

오래전에 지어진 유럽 건축물에선 화장실을 1층에 만들지 않았던 이유를 어디선가 들은 적이 있다. 옛날 유럽인들은 화장실을 상당히 불결한 장소로 여겼기 때문에 사람들 눈에 잘 띄지 않는 지하에 숨겨 설치했다고 한다. 그래서인지 프랑스 여행 중 공중화장실을 자유롭게 사용할 수 없다는 게 매우 불편했다. 그러니 특별한 소식이 없어도 반드시 화장실은 들리는 게 이번 여행에서 터득한 지혜다.

여자 화장실 쪽으로 들어가려 하는데, 내 앞에 앞장서 가던 흰색 머리에 검은 가죽 재킷을 입은 할아버지가 그 앞에서 기웃거리고 있었다. '여기가 남자 화장실인 줄 아셨나?'라는 생각이 들어, 손가락으로 남자 화장실을 가리키면서 할아버지에게 아주 짧고 간략하게 말했다. 나의 짧은 불어 실력으로.

"Monsieur, l'homme, c'est l à.(아저씨, 남자는, 저쪽이에요.)"

할아버지는 내게 몇 발짝 다가오더니 예상치 못한 이야기를 했다.

"오, 아가씨, 발음이 그게 아니에요. 날 따라 해 봐요."

"네? 아…."

"냠자, 아니고 놈자, 이것도 아니에요. '남자', 자! 따라 해 봐요."

갑자기 여자 화장실 입구 앞에서 프랑스어 수업이 펼쳐진 것이다. 할아버지의 친절한 제안을 그냥 무시하기엔 난감했기에 두세 번 따라 했다.

"놔암자, 냠자. 이럼 되나요?"

할아버지의 만족스럽다는 오케이 사인이 떨어졌다. 난 "OK? Merci!(됐죠? 감사합니다!)" 인사를 남기고 여자 화장실로 후다닥 들어가 버렸다.

생폴드방스 지하 화장실에서 프랑스 발음 교정을 받을 줄이야, 누가 상상이나 했을까?

생폴드방스 마을은 어떤 외부인도 함부로 들어올 수 없는 듯 폐쇄성이 입구에서부터 단번에 느껴졌다. 중세 시대에 적으로부터 보호하기 위해 쌓은

온 세상이 돌로 만들어진 듯한 건
물과 바닥

높은 성곽 외벽은 마을을 둘러싸고 있었다.

　마을 대문을 통과하니 입구 초입에서부터 돌로 만들어진 바닥이 눈에 들어왔다. 하나의 예술 작품을 보는 듯했다. "이걸 정말, 사람이 하나하나 박아서 만들었다고?" 너무 놀라웠다. 돌바닥은 유럽 마을 전역에서 흔히 볼 수 있지만, 생폴드방스 돌길은 흔히 보던 것과는 엄청나게 다르다. 몽글몽글한 조약돌들이 태양과 별 같은 형태를 만들어 길의 생동감을 만들어 낸다.

　1950년대까지는 그냥 밋밋한 돌바닥이었다고 한다. 당시 생폴드방스 시장이었던 마히우 이쎄르Marius Issert가 프로방스 지역의 전통성을 보여 주겠다는 일념으로 예쁜 돌길로 재건했다. 사람들의 무신경한 발길에 매일매일 이리저리 치이고 깎여서 망가질 바닥조차도 특색 있게 가꿀 수 있다니! 사소한 것에도 전통을 유지하는 데 공들이는 이들의 실행력에 난 또다시 감탄해 버리고 말았다.

타일 위에 그려진 생폴드방스 마을의 지도. 성곽 입구   독특한 해 문양의 돌바닥
에서 발견할 수 있다.

생폴드방스는 샤갈이 사랑한 예술의 도시답게 아트 갤러리들과 미술 작품들이 즐비해 있다. 여기 있는 아트 갤러리들은 이 도시가 생겨날 때부터 뿌리를 내린 듯 너무 자연스럽게 잘 어우러졌다. 오밀조밀한 돌들로 지어진 벽들 안에 공간이 있으므로 갤러리가 마치 동굴 속에 안착한 듯 보였다.

3년 전쯤, 여행다큐멘터리에서 봤던 장면이 기억난다. 인터뷰하던 한 여자는 이곳엔 현지인보다 생폴드방스를 찾아오는 해외 작가들이 더 많이 거주한다고 말했다. 이 작은 도시가 스멀스멀 뿌리는 매력에 꼼짝없이 매료당한 외부인들은 이곳에 닻을 내리고 예술 작업을 하며 살고 있다고 한다.

마을 입구로부터 일자로 길게 뻗은 그랑드 길 Rue Grande. 이 길을 중심으로 나뭇가지처럼 뻗어 있는 좁은 골목 사이사이를 둘러보기만 해도 이 도시가 선사하는 예술성과 호흡하는 기분이 든다. 편한 신발을 신고, 날씨 운만 따르면 뭘 특별하게 하지 않아도 되는 근사한 도시다. 건축과 대지가 이방인인 나를 뒤에서 따스하게 껴안아 주는 듯 포근하다. 하늘 높은 줄 모르고 솟은 콘크리트 건물들을 보고, 생명력 없이 뜨겁기만 한 아스팔트 길을 밟는 일상에서는 좀처럼 느끼기 어려운 경험이다.

길을 거닐면서 문득 나의 외할머니가 생각이 났다. 아기자기하게 집안을 잘 가꾸는 외할머니 집에 가면 항상 꽃나무들과 푸릇푸릇한 식물들이 베란다와 거실을 차지하고 있다. 물고기들은 새끼도 많

마을의 중심인 그랑드 길

이 낳아 대식구를 이룬다. 집 앞 시장에 마실 나가시면 인심 좋은 아주머니들에게 거저 얻은 식재료로 반찬을 만드시고, 우리 식구들에게 주시는 할머니. 할머니가 자식들을 돌보고 가꾸는 정다운 마음이 이 작은 프랑스 마을에서 느껴질 줄이야!

마을의 동맥 같은 그랑드 길 끝에 다다르면 공동묘지가 있다. 여기에 화가 마르크 샤갈이 잠들어 있다.

어디서 많이 본 드로잉이 새겨진 묘석이 보여 다가갔다. 예상대로 샤갈

무덤이었다. 샤갈 작품의 색채가 원체 화려하니 묘비 역시 화려한 모자이크나 색감들로 뒤덮여 있을 거라 예상했던 모습과는 다르게 간소하고 소박한 묘비였다. 그런데 눈에 띄는 게 몇 가지 있었다. 흩뿌려진 흙과 작고 큰 돌들이 무심하게 널브러져 있었다. 샤갈에게 존경심과 사랑을 표식하듯, 누군가는 노란색, 파란색 꽃장식이 있는 하트 모양 세라믹 접시를 묘비 위에 올려놓았다. 그 접시 안에는 넘치지 않을 양만큼의 동전들이 있었다.

그 옆을 찬찬히 보니, 누군가가 진한 다홍색으로 빈틈없이 칠한 매끄러운 돌멩이를 올려놓았다. 옐로우 오커, 보라, 주황색 물감으로 알록달록하게 색을 칠하고 한글로 '너와 나' 글씨를 새겨 넣은 기다란 돌도 있었다.

누구일까? 샤갈을 사랑하는 한국인 중 한 명이었을까? 아니면, 이 마을에 잠시 작업을 하려 머물다 간 예술가 중 한 명이었을까? '너'와 '나'는 지금 어떤 형태의 삶을 살고 있을까?

마르크 샤갈의 묘 위에 놓인 빨간 돌, 꽃 접시　　누군가 '너와 나'라고 쓰고 색칠한 돌멩이

　예술 작품 흉내를 내는 돌들을 보니 샤갈이 손수 작품을 끝내는 방법이 떠올랐다. 창작활동을 하는 사람이라면 누구나 끝내야 하는 적절한 시기를 알아차려야 한다. 마르크 샤갈은 회화작품을 끝낼 시점에 돌, 꽃, 나뭇가지, 자기 손처럼 "신이 창조한 오브제"를 들고 작품 앞에 놓아본다고 한다. 자신이 만든 작품이 신의 손으로 빚어낸 자연의 만물들 사이에서 두드러지게 눈에 띈다면, '진정한 예술'이라고 판단했고, 작업을 끝냈다.

　이와 반대로 그 둘 간의 충돌이 생기는 걸 발견한다면 '나쁜 예술'로 간주했다. 충돌이 생긴다는 건 비슷하다는 의미이기 때문이다. 샤갈에겐 꽃을 진짜 꽃처럼, 나뭇잎을 진짜 나뭇잎처럼 그리려고 애를 쓴다면, 예술이 아닌 모방의 빈껍데기일 뿐이었던 거다.

　이걸 아는 누군가가 흙, 돌, 나뭇가지 사이에 이런 인위적인 색의 돌들을 껴 넣은 게 아닐까? 마치 그 사람은 작품에서 손을 떼야 하는 결정적인 순간을 정확하게 알고 있던 것처럼.

마을을 둘러보고 나니, 유대인이었던 샤갈이 자신의 고국을 떠나 수도 없이 보금자리를 옮겨 다니다가 말년에 이곳 생폴드방스에 정착한 이유를 알 것 같았다. 각자의 뿌리를 내리며 대지 아래에서 엉켜가는 *끈끈한* 예술성이 있는 이 마을이 그에겐 평안한 안식처가 되었을 거다.

삶이 춤추는 무대라기보다 생존주의로 변해 버린 각자도생 시대에 더더욱 느끼기 힘든 마을의 의미와 감성을 나도 여기서 잠시 얻어간다.

오귀스트 르누아르의 영감이 가득한 집

병은 피할 수 없어도 르누아르는 여기서 행복했을 거야

칸느슈르메르

Cagnes-sur-Mer

항상 웃으며 누구에게나 친절한 사람. 자신의 약점을 최대한 가리며 화장한 마스크만 보여 주는 사람. 그런 사람과 함께 시간을 보내면 즐겁고 좋다. 하지만 막상 그 사람에 대해선 정작 아는 게 없는 것 같은 느낌이 들 때가 있다.

오귀스트 르누아르Pierre-Auguste Renoir가 내게 그런 화가다. 그의 작품의 변천사와 일생을 공부해서 머리로 알긴 하지만 한 인간으로서 그의 인생이 궁금해서 집요하게 파헤쳐 보고 싶은 갈증을 느껴 보진 않았다. 그의 작품 스타일도

르누아르의 민트색 대문 앞

생물처럼 변화들이 있지만, 그 차이는 은은하다. 그렇다 보니 단번에 눈길을 사로잡지는 않았다.

게다가 개인적으로 가장 흥미를 느끼는 19세기 프랑스 미술 분야에선 수많은 작가가 개성이 강했다. 황소고집의 폴 세잔, 꽃과 정원 가꾸기에 미친 클로드 모네, 자기 귀를 자를 정도로 극단적인 성격의 빈센트 반 고흐, 무희와 술에 빠져 살던 난쟁이 앙리 드 툴루즈로트렉 등 셀 수 없이 많다. 그러나 이들과 비교하면 오귀스트 르누아르의 존재는 항상 조용히 자신의 자리에서 웃고 있는 풀꽃 같아 보였다.

르누아르의 작품 속 인물들이 항상 행복해 보여서였을까? 그의 작품엔 찡그리고 슬픈 표정을 한 인물들은 존재하지 않는다. 마치 삶의 행복감만 느끼기 위해 태어난 사람들처럼. 그래서 그의 그림은 너무 비현실적이라 거짓처럼 느껴진 적도 많았다.

르누아르의 집은 여타 주택들과 뒤섞여 있었다. 주택 골목엔 행인 하나 없이 고요했다. 약간 비탈진 르누아르의 길 Passage Renoir 을 걷다 보면 '르누아르의 집' 팻말을 발견한다. 민트색 대문은 저택의 철문처럼 상당히 컸다. '대문이 이렇게 크면 집은 얼마나 큰 거야?'라는 생각이 스쳤다.

흙길을 따라 들어가자, 우측에는 매표소와 기념품 숍으로 운영하는 작은 건물이 보였다. 그 건물을 통해서 입장해야만 뒤편에 숨겨진 르누아르의 정원과 집으로 갈 수 있다.

정원에 발을 붙이자마자 우리 셋은 생각지도 못한 르누아르의 집 규모에 모두 깜짝 놀랐다.

"세상에! 크기가 엄청난데?"

"이야, 무슨 정원이 이렇게 커? 부지가 장난이 아니네. 르누아르 돈 많이 벌었네!"

"야, 이건 앞뜰이 아니라 거의 공원 아니니?"

르누아르는 동료 에두아드 마네나 폴 세잔처럼 금수저 집안이 아니었기 때문에 그의 집도 그리 크지 않을 거라고 과소평가했었다. 30분 정도 둘러보면 충분하겠다고 예상했는데, 그게 아니었다.

올리브 나무 정원과 르누아르가 그린 풍경화 판넬

지중해의 좋은 공기와 햇살을 받고 자라 식물들의 발육도 남다른 건지 나무와 풀들도 무성했다. 특히나 올리브 나무는 장대했다. 올리브 나무 둘레가 생전 처음 보는 크기였다. 이 정원에 심어진 올리브 나무들은 수백 년이란 세월을 거뜬히 넘긴 거목들이며 르누아르가 이곳을 매입했던 당시에도 이미 이 자리를 지키고 있었다. 사람 팔의 힘줄처럼 복잡하게 꼬인 나무줄기와 나무 트렁크의 굵기에서 함부로 대할 수 없는 아우라가 느껴졌다.

　공원 같은 정원을 누비고 들어가면, 휴양 빌라 같은 집이 나온다. 르누아르의 집은 세 층으로 이루어져 있었다. 외관은 남프랑스에서 흔히 보는 미색의 라임스톤을 쌓아 지어 연한 아이보리 색이었다. 창틀은 연한 하늘색으로 칠해졌다. 회화 작품에서 파스텔 톤을 즐겨 쓰던 르누아르의 취향과 흡사해 보였다.

　계단을 올라 2층(프랑스식으로 1층)에 있는 현관문을 열고 들어가니 손님을 안내하는 드로잉 룸부터 등장했다. 손님이 오면 첫 대면을 하는 드로잉 룸은 인디안 핑크와 민트색이 조화롭게 어우러졌다. 덕분에 따듯한 분위기를 만든다. 복도와 모든 방의 벽, 바닥과 몰딩 모두 보존 상태가 생각보다 좋아 보였다. 가구만 추가로 들여놓으면 바로 생활도 가능할 것 같았다.

르누아르의 집 전경   르누아르 가족들이 식사하던 테이블

르누아르는 가족들과 함께 1908년 지중해와 인접한 도시, 칸느슈르메르로 이사했다. 그는 널찍한 레 꼴레뜨Les Collettes 농장 부지를 매입했고 이곳에 있던 농가를 살기 좋게 지었다. 이리 널찍한 집에서 르누아르는 부인 알린 샤리고와 아들 셋이 함께 살았다. 몸이 불편한 그의 거동을 도와주던 요리사와 집사도 함께 거주했다. 집이 저택 수준으로 넓다 보니, 개개인이 차지할 수 있는 방들은 충분했다.

열 개가 넘는 방마다 르누아르의 작품들, 소품 그리고 그의 모습을 담은 타 작가들의 작품들이 전시되어 있었다. 예전에 어느 미술관에서 봤었던 〈굴렁쇠를 들고 있는 소녀〉의 다른 버전의 작품도 발견했고, 습작처럼 미완성된 대형 작품 〈목욕하는 여인들〉도 보았다.

3층(프랑스식으로 2층)에 위치한 르누아르의 작업실은 엑상프로방스에서 봤던 폴 세잔의 스튜디오와는 다르게 굉장히 깔끔하고 단순했다. 헤링본 스타일의 바닥은 현대적인 느낌을 주고, 프로방스에서 많이 본 버터옐로우 색으로 칠해진 벽면은 공간의 활기를 불어넣고 있었다.

르누아르의 원목 휠체어, 이젤, 화구통, 스툴 외에는 그의 작업 흔적을 느낄 수 있는 오브제나 물건들은 많지 않았다. 그 앞엔 벽난로가 있었고 얼마나 사용을 자주 했는지 시커멓게 그을린 흔적이 남아 있다.

이 공간을 르누아르의 존재감으로 더 가득 채우기 위해 휠체어를 타고 작업하는 르누아르 사진, 그의 모습을 담은 영상이 한 벽면에 커다랗게 상영되고 있었다. 영상 속 르누아르는 수분이 빠져나간 식물처럼 말라 보인다. 조금만 힘을 주어 안으면 몸이 바스러져 버릴 것 같다.

어떤 이도 갑작스레 찾아오는 질병은 피할 수 없다. 르누아르도 예외는 아니었다. 르누아르가 프렌치 리비에라 지역을 거주지로 택했던 이유는 심해지는 류머티즘 관절염 때문이었다. 하루하루 그의 관절은 어깨, 척추, 팔, 손, 손가락에 변형을 일으켰다. 결절이 생겼고 통증도 극심했다. 그나마 병세를 더디게 하고 남은 생을 조금 더 편하게 살기 위해서는 몸을 따뜻하게 보호하는 것이 필수였다.

주름이 깊게 패인 르누아르의 사진을

작업실에 걸려 있던 르누아르 사진

보면 항상 모자를 쓰고 옷도 여러 겹을 끼어 입고 있다. 조금만 춥고 바람이 불어도 금방 몸이 굳어 버리기 때문에 그는 항상 몸을 따스하게 보온을 유지하는 데 신경을 썼다. 또한 뼈마디에 변형이 일어나면서 관절이 뒤틀리기 때문에 손끝에 힘을 주고 붓을 제대로 잡을 수가 없었다. 이런 불편함을 방지하기 위해 손가락 마디마디에 천을 감싸고 붓을 묶어 고정했다. 그의 아들 장 르누아르의 말에 따르면 르누아르는 스튜디오를 가기 전 아침마다 10분 동안 저글링을 하거나 공 게임을 했다고 한다. 그 어떤 것도 회화를 향한 르누아르의 집념을 막을 수 없었다.

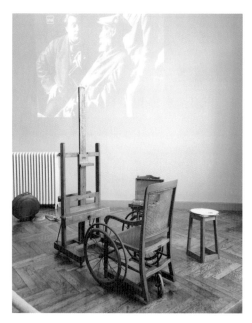

바퀴가 달린 실내용 작업의자와 이젤

가장 아래층인 1층(프랑스식으로 0층)은 르누아르의 조각 작품들의 전시 공간이다.

'르누아르와 조각상이라······.' 뭔가 생소한 조합이다.

르누아르의 회화가 강하다는 인식 때문인지 그의 조각 작품에는 관심을 기울여 본 적이 없었다.

공간 내부에는 생각보다 많은 흉상과

르누아르의 옷과 지팡이, 사람을 부를 때 사용했던 종

부조 작품들이 전시되어 있었다. 르누아르의 조각품이라고 하기에는 어딘지 모르게 강렬한 힘이 느껴졌다. 그의 회화에서 자주 보이는 온화한 느낌이나 부드럽고 여성스러운 느낌은 덜했다. 아마도 청동이나 대리석 같은 재료의 특성 때문일 수도 있다. 그리고 실질적으로 이 조각을 만든 건 르누아르가 아닌 그의 조수였다.

르누아르는 직접 손으로 흙의 감각을 제대로 느끼며 섬세하게 다듬을 수 없었기에 리처드 규이노Richard Guino라는 조수를 두었다. 규이노는 사려 깊고 똑똑한 스페인 작가였다. 르누아르가 스케치로 아이디어를 구상하면 그걸 기반으로 규이노는 형태를 만드는 작업을 했다. 여기 있는 작품들은 르누아르는 소프트웨어를, 규이노는 하드웨어를 담당하며 창조한 공동작업의 결과였다.

"거기서 조금 떼어 내고… 어 조금만 더…. 맞아 거기면 됐어! 이쪽은 좀 더 둥글고 볼륨감이 느껴지게 살을 붙여 봐!"라고 지시했을 르누아르의 열정적인 모습이 상상이 되었다.

르누아르의 조각품 전시 공간

르누아르의 집은 배가 아플 정도로 완벽한 드림하우스다. 그의 부인, 알린 샤리고 방의 테라스에 서면 푸른 지중해와 산, 그리고 그리말디 성의 멋진 풍경을 모두 볼 수 있다. 자연과 늘 함께하는 사적인 공간을 소유하고 그 공간에서 자신이 좋아하는 일을 죽을 때까지 하며 사는 것. 나의 간절한 소망이다. 인생의 말년에 이런 곳에 산다는 건 정말 큰 축복일 거다.

르누아르의 보금자리를 직접 보니, 아픈 몸으로도 개미처럼 성실하게 그림을 그려 차근차근 성공의 길을 밟은 그의 모습이 다시 보였다.

개성 강한 작가들 사이에서도 들풀처럼 조용히 웃던 르누아르. 아마도 그의 뿌리가 제일 굵고 튼튼했을지도 모른다.

칸느슈르메르를 즐기려면

1. 르누아르의 집 방문 후 그리말디 성도 방문해 볼 것. 44번 버스(무료)를 타고 갈 수 있다. 중세 시대에 지어진 건축물 안에 열린 근현대 작품 전시도 볼 수 있다. 높은 지대에 지어진 성곽인 만큼 칸느슈르메르 마을의 전경을 내려다볼 수 있다.
2. 그리말디 성에서 내려올 땐 걸어서 내려오자. 마을 구석구석을 둘러볼 수 있다. 예쁘고 아기자기한 색감의 건물들이 많아 사진 촬영 스팟이 많다.

앙리 마티스의 로사리 예배당

위대함은 더하기 말고, 빼기로 마침표를 찍는다

방스

Vence

그라스의 달콤한 향수의 향기를 가득 안고 오후에 방스로 향했다. 방스에 가는 이유는 '마티스 채플'이라고 불리는 예배당, 로사리 예배당Chapelle du Rosaire de Vence을 보기 위해서다. 마티스는 "이 예배당은 내 삶의 모든 작품의 업적이며, 엄청나고, 난해하고, 진실한 노력의 결과물이다."라는 말을 남겼다. 아티스트로서 60년에 달하는 커리어의 대미를 장식한 거나 다름없는 건축물이자 작품인 셈이다. 72세에 대장암 수술을 받고 회복하는 시기에 마티스는 엄청난 기회를 잡은 거다.

평소에도 난 앙리 마티스의 작품에서 생기와 활력을 얻었다. 그가 택한 대범한 색, 명암의 대비, 단순한 드로잉과 균형 잡힌 구도는 내 마음을 가볍고 산뜻하게 두드렸다.

하필 이게 뭐람. 예배당은 지붕 쪽을 다시 손보는지 외관 공사 중이었다. 파란색과 흰색 타일로 모자이크 장식을 한 예배당 지붕은 아름답다고 들었는데 공사 시기와 맞물려 버려 예배당이 어떻게 생긴 건지 입구에서 가늠조차 하지 못했다.

공사 중인 예배당의 외벽에 살짝 보이는 마티스의 벽화

예배당 내부는 고요했다. 이 분위기 내겐 너무 익숙했다. 내부 사방이 온통 흰색 페인트로 칠해졌고, 걷는 공간마다 마티스 작품들이 걸려 있으니, 마치 아트 갤러리에 들어왔나 싶은 착각이 들었다. 예배당인데도 유럽에서 자주 볼 수 있는 중세 시대 교회의 아치형 천장이나 두꺼운 기둥과 돌벽은 찾아볼 수 없었다. 요즘 지었다고 해도 믿어질 만큼 현대적이고 군더더기가 없는 구조였다.

예배당으로 들어가는 입구

예배 공간에 입장하자 마티스가 디자인한 스테인드글라스와 커다란 타일 벽화가 파노라마처럼 시야에 들어왔다. 설치 현대 미술품을 전시

한 공간 같았다.

〈생명의 나무〉 스테인드글라스는 마티스의 컷-아웃Cut-out 스타일이 돋보이는 아주 미니멀한 디자인이다. 선인장이 꽃을 피우는 형상을 하고 있다. 사파이어블루, 에메랄드그린과 레몬 옐로우색이 혼합되니 청명하고 강한 생명력이 느껴진다. 햇빛이 유리를 통과하면서 창의 색이 바닥을 초록과 노란 빛으로 물들이고 있었다. 이 광경에 마음이 정화되는 것 같았다.

스테인드글라스 창을 마주 보는 흰 벽면에는 마티스의 벽화가 있었다. 마티스는 흰색 정사각형 에나멜 테라코타 타일 위에 오롯이 검정 선으로만 벽화를 그렸다. '이게 스케치 단계지, 완성작이라고?' 의문이 들 정도로 미완성처럼 보였다. 대게 벽화 이미지들은 특히 종교와 관련된다면 더더욱 밀도 있게 구성된다. 고전적인 알고리즘 이미지들을 상세하게 묘사하면서 말이다. 그러나 마티스의 벽화는 단순함을 넘어 스케치 단계에 머무른 듯 보였다.

성 도미니크가 성경책을 들고 있는 모습이지만 얼굴의 윤곽만 따라 그려 누구인지 알 수조차 없고, 손조차도 손톱과 관절이 없이 갈퀴처럼 보인다. 옆에는 아기 예수를 안고 있는 성모자상이 그려져 있었다. 배경은 종교와 무관해 보이는 꽃과 구름으로 연상되는 형태들이 떠다닌다. 아마도 벽화를 그린 르네상스 시대의 거장들이 살아 돌아와 이 광경을 봤다면, 노발대발했을 것이다. 색은 어디에 갔다 팔았으며, 미술의 기본은 배운 것이 맞느냐고 의심하면서 말이다.

예배당을 들어갔을 때 내 느낌을 표현한 그림

"나의 예배당에 입장하는 사람들의 마음이 정화되고 짊어진 짐에서
해방되길 원한다."

— 앙리 마티스

마티스는 이 예배당을 디자인한 기회가 "자신의 인생길을 걷다가, 운명에
의해 선택된 일"이라고 말했다. 그 운명 속에 한 여인이 있었다. 마티스는
니스에서 살다가 전쟁 포격에서 벗어나기 위해 방스로 이전했고, 대장암 수

술 후 건강을 회복하기 위해 자신을 병간호해 줄 수 있는 사람을 구인했다. "젊고 예쁜 간호사"라고 명시하면서 말이다. 그러자 (추후 도미니칸 수녀가 될) 당시 간호학과 학생이었던 모니크 부르주아 Monique Bourgeois가 연락하면서 이 둘의 인연이 시작되었다. 부르주아는 마티스의 모델이 되어주기도 하고 마티스는 부르주아에게 구도 잡는 법과 그림 그리는 법을 가르쳐 주었다.

이후 수녀가 된 부르주아는 방스에 예배당을 짓는 계획을 세웠고, 공공사업을 기다리고 있던 마티스도 이 프로젝트에 참여한다. 부르주아와 마티스는 함께 건축, 벽화, 스테인드글라스를 아우르는 모든 것을 상의하며 디자인했고 4년이란 세월이 걸렸다.

마티스가 디자인한 예복

위층으로 올라가면 이 예배당과 조화롭게 어울릴 수 있게 디자인된 마티스의 제사장 예복들이 전시되어 있다. 컷-아웃 기법으로 단순한 형태와 강렬한 색감 배합으로 디자인되었다. 지금 시각으로 봤을 때도 과감하다는 생각이 드는데 20세기 초반에는 얼마나 충격적이었을까? 앙리 마티스가 무신론자였다는 걸 생각하니 그 옛날 이런 재기발랄한 디자인이 가능했을지도 모르겠다.

군더더기 없는 모던한 마티스의 예배당에 서 있으니, 새의 날갯짓처럼 가벼운 공기가 느껴졌다. 간결한 삶을 떠올리며 현재에 감사한 마음을 새삼 다시 돌아보게 만드는 오묘한 공간이다. 마티스는 자신이 가진 모든 것을 전부 집어넣기보다 정말 필요하고 중요하다고 여기는 순수한 것들만 넣었다. 즉 무엇이 불필요한지, 생략하고 빼도 되는지 아주 잘 알아야 한다는 의미다.

마티스는 어떤 작업이든지 제일 선행되어야 하는 것은 그 작업과 가장 유사하다고 여겨지는 여러 가지를 접하고 연구하는 과정을 통해 자신의 느낌이나 감정을 최대한 극대화하는 게 우선이라고 했다. 그 이후에 어떤 요소를 택하는 적절한 '선택'이 이뤄져야 한다고 했다.

그의 메시지를 난 이렇게 받아들였다.

'할 수 있는 것'과 '할 수 없는 것'들을 구분하는 눈이 없을 땐 여러 가지를 시도해 보는 시행착오를 거쳐야만 한다. 그러면 언젠가는 '선택'이라는 과정을 통해 자신에게 불필요한 것은 손에서 놔버릴 수 있는 용기와 안목이 생긴다는 의미라고.

내겐 아직 그런 연륜과 경험이 부족하다는 걸 안다. 그러니 불필요한 것들, 중요하지 않은 것들을 아직 손에 꼭 붙들고 있을 때도 있다.

언젠가는 덜어내는 힘과 안목이 생기겠지.

왜 팝아트가 마티스 미술관에?

기억에 잘 남지 않았던 마티스의 작품

니스

Nice

10년 전의 일이다, 뙤약볕에 헉헉거리며 앙리 마티스의 미술관을 찾으러 다녔던 때다.

"여기 길 맞나? 지나다니는 사람들이 어찌 이리 하나도 없을 수 있지?"

40분 동안 길을 헤매 당황했었다. 산 능선에 미술관이 있다는 게 말이 안 된다고 생각이 들었고 중도 포기를 할까 했었다. 우거진 수풀, 나무들과 바위들만 보였고, 지나가다 길을 물어볼 사람조차 보이지 않았다. 애초부터 길을 잘못 들었는지, 길이 아닌 길을 간 것이다. 그래도 여기까지 왔는데 포기할 순 없겠다는 생각으로 다시 힘을 내어 오르막길을 올랐다. 그 끝에 빨간 마티스 미술관 건물을 발견하곤 어찌나 반가웠던지. 체감상 몽블랑 등반이었다.

10년이 지나고 다시 찾은 마티스 미술관을 이번에는 차로 찾아간다. 힘 하나 들이지 않고 시미에즈 힐Cimiez Hill 위 도로를 수월하게 올랐다. 시미에즈 힐 능선 따라 주택들이 옹기종기 모여 있는 평범하고 평화로운 동네였다. 예전에 헤매던 길은 어디였는지 찾으려 주변을 둘러봤지만 찾을 수 없었다. 이런 멀쩡한 길을 놔두고 왜 그리 헤맸는지, 여전히 미스터리로 남아 있다.

　미술관 개장하기 1시간 전쯤 미리 도착했다. 미술관 뒤편 주차구역에 다행스럽게 빈 곳이 있었다. 휴일이라 특별한 규제가 없어 주차권을 끊을 필요도 없었다.

　넓은 공원을 가로지르니 빨간 외벽의 마티스 미술관 파사드가 보였다. 예전과 똑같이 붉은 외벽, 민트색과 노란색 조합의 창문이 이 건축물의 유일무이한 존재감을 빛내고 있었다. 빨간색을 사랑했던 마티스의 취향이 건축물에서도 드러나는 것 같다. 그 앞에 설치된 알렉산더 칼더의 조각품은 한 세트처럼 잘 어울린다.

마티스 미술관

마티스 미술관 입구에서

앙리 마티스 미술관은 마티스의 작품뿐 아니라 마티스와 관련된 작가들의 기획 전시들을 선보인다. 이번에는 앙리 마티스에게 영향을 받은 팝아티스트, 톰 웨슬만의 작품들과 함께 한 '마티스 이후의 톰 웨슬만' 전시였다.

전시장 내부는 처음 방문한 것처럼 감회가 새로웠다. 마티스 작품들은 웨슬만의 작품들과 한데 뒤섞여 있었다. 미술관 입구에 입장하자마자 전시장 정면에 걸려 있는 건 3m가 넘는 톰 웨슬만의 〈마티스 오델리스크와 함께 있는 선셋 누드〉였다. 마치 그림 속 발가벗은 여인이 "여긴 마티스 미술관이지만 내가 주인공이다!"라고 외치는 듯 보였다. 그러나 이에 질세라 다섯 배 가량 큰 마티스의 컷-아웃 작품 〈꽃과 과일〉이 1층의 오른쪽 벽면을 존재감 있게 채우고 있었다.

가만 보면 이 두 사람의 작품은 참 닮은 부분들이 많다.
여자의 누드라는 소재, 화려한 색채, 얄팍한 효과를 내는 심플한 형태까지.

이전에는 내 관심 밖이라 몰랐다. 마티스의 작품이 톰 웨슬만에게 커다란 영향을 주었었다는 사실을. 팝아티스트였던 톰 웨슬만은 자신의 스타일을 찾기 위해 고군분투했던 시기가 있었다. 당시 추상 표현주의의 대가였던 빌럼 데 쿠닝Willem de Kooning의 작품 스타일을 따라 하고 싶었던 그의 욕구는 매우 컸다. 그러나 웨슬만은 자신이 원하는 추상화를 만드는 데 큰 어려움과 한계를 느꼈다. 대신 추상과 구상적인 요소들을 모두 갖고 있는 앙리 마티스 작품은 웨슬만에게 다른 방향을 제시해 주었다.

콜라주처럼 평면적인 이미지가 특징인 마티스의 〈가지가 있는 실내, 1911〉

　콜라주를 연상케 하는 마티스의 회화작품은 웨슬만에게 추상에만 매몰되어 있던 관점에서 거리를 두게 했다. 〈가지가 있는 실내〉와 같은 마티스의 회화작품은 화려하고 복잡한 패턴, 그림자 하나 없는 강렬한 색들이 공간을 메운다. 창문, 테이블, 정물, 책 등 사물들의 존재는 부피감은 사라지고 색과 평면적인 표면만 남는다. 이 때문에 환영적 공간은 느껴지지 않는다. 구상과 추상이 혼합된 특징이 웨슬만의 작품들에도 고스란히 반영되었다. 웨슬만의 작품을 볼 때마다 심플한 형태와 강렬한 색 때문에 그래픽적인 요소가 강한 추상화라고 여겼었는데, 그러한 특징들이 마티스의 영향에서 시작되었을 줄이야! 이 둘의 관계를 작품을 통해 보니 흥미로웠다.

"가상 대화 속에서 난 그(마티스)가 왜 이런 방식으로 각각의 요소들을 만들어 냈는지 내게 말해 주길 바랐어요."

— 톰 웨슬만

마티스 미술관을 나오면서 마음 한구석엔 아쉬움이 남았다. 마티스 작품에 집중해서 더 많이 보고 싶었는데 웨슬만의 화려한 작품들이 훼방을 놓는 기분이었다. 다음엔 마티스의 작품들만 전시된 기획전을 볼 수 있길 희망한다.

그래도 예상치 못하게 조우한 전시에서 깨달은 게 하나 있었다. 웨슬만이 앙리 마티스를 통해 자기 나름의 돌파구를 찾은 것처럼, 과거에서 해답을 찾는 경우도 더러 있다. 웨슬만이 동시대에 그의 열등감을 자극했던 드 쿠닝과 추상표현주의만 좇으려고 했다면, 그는 더 먼 길을 돌아갔게 됐을지도 모른다. 그러나 근대 미술의 고전이라 할 수 있는 마티스의 작품에 눈을 돌려 결

미술관에서 구매한 톰 웨슬먼과 마티스 도록

국 자신만의 해답을 찾았다.

　예술에 답은 없지만, 확실한 건 베테랑 예술가들은 자신만의 '해답'을 가지고 있는 사람들이다. 끊임없이 시도하고, 전진하고, 후퇴하고, 또다시 전진하는 반복을 통해서만 획득한 해답. 예술의 신이 그의 손을 놓지 않는 이상 그 답을 찾아가는 예술가들의 과정은 쭉 계속될 거다.

니스에서 예술, 미식, 바다를 한 번에 즐기고 싶다면

1. 앙리 마티스 미술관에서 가까운 거리에 마르크 샤갈 미술관이 있다. 이곳에서만 볼 수 있는 샤갈의 모자이크 벽화와 성경 이야기를 담은 작품들을 관람해 보길 추천한다. 샤갈이 만든 스테인드글라스가 설치된 콘서트홀에도 꼭 가 보자!
2. '영국인의 길'을 따라 걸으면서 니스의 바다를 즐겨보는 시간을 가져 보자. 파란 의자를 발견하면 잠시 앉아서 쉬다가 가도 좋다. 해변을 뛰어다니는 개들과 프랑스인들의 여유로운 모습을 보는 것만으로 힐링이 된다.
3. 레스토랑 'Peixes'에서 해산물 요리 먹어 보기! 타파스 스타일로 신선한 생선과 해산물 요리가 서빙되어 여러 가지 음식을 조금씩 다 맛볼 수 있다.

안녕하세요! 쿠르베 씨

파브르 미술관의 보물찾기

몽펠리에

Montpellier

몽펠리에로 향하는 차 안에서 난 입고 있던 카디건을 벗었다. 추위에 약한 체질 때문에 여러 겹 껴입었는데 조금씩 후덥지근해지기 시작했다. 이제 푸른 지중해와 점점 가까워지고 있다는 게 실감 났다. 오전에 머물렀던 카르카손에선 부슬비가 조금 내리고 흐린 날씨였는데, 몽펠리에로 향하면서 하늘의 풍경도 달라지기 시작했다. 구름 모양이 신기했다. 구름은 기름기가 좔좔 도는 쫄깃한 감자전처럼 납작했다. 우리 셋은 세상에서 구름을 처음 보는 어린아이처럼 감탄했다. 한낱 구름을 보며 신기해한 게 언제였는지 까마득하다.

특이하게 납작한 구름

몽펠리에를 찾은 이유는 파브르 미술관Musée Fabre이 소장하고 있는 구스타브 쿠르베의 보물 같은 작품 〈안녕하세요, 쿠르베 씨〉를 보기 위해서다. 오롯이 이 작품 때문에 왔다고 할 수 있을 정도다. 쿠르베가 아니었다면 파브르 미술관의 존재를 알아차리는 데에 더 오랜 시간이 걸렸을 거다. 파브르 미술관

파브르 미술관

은 이름부터 좀 특이하다. 처음에는 '곤충 박사 파브르와 무슨 연관이 있는 곳인가?'라고 생각했었다. 알고 보니 파브르 미술관의 '파브르'는 이 미술관을 개관한 화가 프랑수아자비에 파브르François-Xavier Fabre의 이름에서 따온 것이었다. 프랑수아 파브르는 몽펠리에 출생 작가였으며, 동시에 르네상스 시대부터 18세기 이탈리아와 프랑스 작품을 모으던 고전 예술 애호가였다. 그는 자신이 소장하고 있던 방대한 소장품들을 몽펠리에시에 기증했고, 1825년에 자신의 이름을 딴 파브르 미술관을 세웠다.

파브르 미술관도 예외 없이 입장할 때 철저하게 가방 검사를 시행했다. 난 배낭을 열어 가방 속을 보여 주고, 마시던 물병도 반납했다. 겉보기에 미술관의 규모는 작아 보였지만 내부로 들어가니 생각보다 볼 작품들이 많았

다. 여유 있게 보면 좋으련만. 몽펠리에에 도착한 시간이 좀 늦어지는 바람에 미술관 폐장 시간까지 한 시간 채 남지 않았다.

다른 작품들을 뒤로하고 우선으로 구스타브 쿠르베의 작품을 찾기로 했다. 처음 방문하는 미술관에서 1시간은 턱없이 모자라는 시간이다. 보통 해외 미술관에 가면 2시간 정도는 충분히 생각하고 가지만, 지금은 어쩔 수 없다. 마지막 10분은 아트샵에서 시간 보낼 걸 고려하면 주어진 시간은 대략 50분 남짓.

미술관 이쪽저쪽을 헤매다가 드디어 지극히 세속적이고 평범한 소재를 그린 쿠르베의 명작 〈안녕하세요, 쿠르베 씨〉를 영접했다. 먼저 와있는 관람객들은 이 작품에서 시선을 떼지 못하고 있었다. '이 그림이 뭐가 그리 특별한 거지?'를 생각하며 알고리즘을 찾아보려 매의 눈으로 보는 이도 있고, 그림에 가까이 다가가 자세한 묘사를 관찰하는 사람들도 있었다.

실제로 본 이 작품은 이미지로만 봤던 느낌과 거의 똑같았다. 그림 속 배낭을 짊어지고 제일 긴 나무 지팡이를 잡고 있는 남자가 구스타브 쿠르베다. 그의 앞에 초록색 외투를 입고 서 있는 남성은 쿠르베를 후원했던 컬렉터, 알프레드 브뤼야스Alfred Bruyas다. 브뤼야스는 모자를 벗고 예를 갖추며 쿠르베에게 인사한다. 그 뒤에 고개를 조금 숙이고 있는 남자는 브뤼야스의 하인이다. 그 옆엔 귀여운 반려견 한 마리도 동행했다. 브뤼야스의 의뢰로 탄생한 그림이다.

보통 고객의 의뢰로 제작되는 작품은 의뢰인의 존재를 더 돋보이게 제작하기 마련이다. 그래야만 고객이 지급한 값에 대한 만족감이 올라가는데 여기선 누가 주인공인지 여간 분간하기가 어렵다. 쿠르베는 자기 자신이 잘났다는 것을 뽐내듯, 후원자보다 더 크게 묘사했다. 심지어 뾰족한 턱수염으로 브뤼야르를 찌를 듯 턱을 치켜들어 올리고 있다. 쿠르베의 우월감과 자신감을 표출하는 듯하다. 내가 작가에게 작품을 의뢰했는데, 이렇게 그려왔다고 생각하면 환불하고 싶어질 마음이 들 것 같다.

알프레드 브뤼야스는 넉넉한 마음의 의뢰인이었던 걸까?

쿠르베와 브뤼야스는 서로 공생하는 관계였다. 브뤼야스에겐 혁명성이 있는 젊은 작가를 후원하며 자신의 위상이 높아질 기회였고, 쿠르베는 탄탄한 경제적인 후원과 의뢰 작업을 통해 아티스트로서 성장할 수 있었다.

'내가 쿠르베를 좋아하는가?' 지극히 개인적인 취향으로 자문한다면, 두 가지 마음이 공존한다. 탐미주의적 시선으로 봤을 때 쿠르베의 작품은 그다지 매력적이라는 생각은 하지 않는다. 그의 사실주의 작품은 내가 생각하는 아름다움과 상극을 이룬다. 현실은 이상과 거리가 있기 때문이다. 그의 작품은 상상의 세계로 진입할 만한 입구조차 찾기 힘들다. 그가 택한 주제들은 노동하는 사람들, 풍경화, 정물화 같은 지극히 평범하며, 미화 없이 있는 그대로 그렸다.

그러나 그의 작품이 매력 있게 보이는 건 전통이라는 벽을 깨부수는 그의 반항적인 막무가내 정신과 마이웨이의 자신감 때문이다. "프랑스에서 가장 자랑스럽고 오만한 남자"라고 자신을 칭할 정도로 그는 대중들의 관심과 취향에 관심을 두지 않았다. 자신이 뭘 원하고 어떤 걸 그리고 싶은지 확고한 인물이었다. 그러니 후원자의 모습도 아첨 따위 없이 그렸던 거다. 구스타브 쿠르베가 화가라는 본업이 있어서 망정이지, 만일 직업이 정치가였다면 미술사가 아닌 프랑스 역사책에 더 자주 등장했을 인물인 건 분명하다.

현 사회에 불만족하며 내면의 꿈틀거리는 반항적인 기질을 찾고 싶은 사람이 있다면, 난 어김없이 구스타브 쿠르베를 소개할 것이다.

몽펠리에 곳곳에서 볼 수 있는 야자수 나무와 트램

몽펠리에와 파리의 닮은꼴을 찾아보자!

1. 몽펠리에는 대학도시라 젊음이 넘치는 생기 있는 도시다. '리틀 파리Little Paris'
라는 별명을 가진 도시답게 오페라하우스, 개선문, 샹젤리제 거리 등 파리 분위
기가 물씬 난다. 파리보다 훨씬 깨끗하고 아기자기한 느낌이 있다.

2. 18세기에 도시에 물을 공급하기 위해 건설된 생클레망 수로와 몽펠리에 개선
문은 꼭 가 보자.

모네가 만든 그만의 우주

하나의 우주를 창조하는 사람을 우린 '아티스트'라 부른다

|

지베르니

Giverny

파리에 도착하고 다음 날, 눈코 뜰 새 없이 클로드 모네의 흔적을 보기 위해 지베르니로 향했다. 프렌치 리비에라에서 봤던 찬란한 색감들은 북부 지방에는 없다. 파리는 좀 쌀쌀했고 구름이 가득한 날씨였다. 내 눈엔 아직 지중해의 푸른빛이 아른거렸다.

파리 생라자르Saint-Lazare역에서 기차를 타고 베르농Vernon역에서 내렸다. 연이어 시간에 맞춰 베르농에서 꼬마 기차를 탔다. 15분 정도를 달려 지베르니 모네의 집 근처에 도착했다. 지베르니는 주민보다 관광객이 더 많아 보일 정도로 한적했다. 이곳에 모네가 직접 디자인하고 가꾼 자택과 물의 정원이 있다.

모네의 정원은 상상했던 것보다 훨씬 넓었다. 내 주먹만 한 크기의 튤립들이 다채로운 색감을 뽐내며 만개해 있었다. 날은 우중충해도 꽃들의 밝은 기

운 때문에 조명을 켠 듯 화사했다. 푸릇푸릇한 정원 뒤로 보이는 모네의 집은 자연에 동화된 느낌을 풍겼다. 초록색 페인트칠을 한 이중창과 계단, 황소 눈 모양의 타원형 창 등 세세한 부분에 신경을 쓴 덕분에 고급스러운 맨션처럼 보였다. 처음 이 집을 봤을 때 모네는 자신의 마음에 들지 않아했다. 서서히 외관과 앞 정원을 차차 수정해 나갔고 지금의 모습에 이르게 되었다.

모네의 집

정원에 만개한 튤립

모네의 정원

모네가 세상을 떠난 후 이 집은 주인 없이 방치되어 있었다고 한다. 모네의 아들 미셸 모네가 상속받긴 했지만, 현실적으로 이 집을 계속 유지할 수 있는 여력이 없었다. 대신 모네의 의붓딸 블랑슈가 이 집에 거주하면서 집과 정원을 가꿨다. 이후 세계 2차 대전이 일어났고 이곳은 폐가로 방치되었다. 모네의 집을 더 가꿀 수 있는 상황이 아니었기에 미셸은 세상을 떠나기 전 아카데미 보자르에 이 집과 아버지의 작품들을 기증했다. 그러고 나서 큐레이터 제럴드 반데캠프의 진두지휘 아래 십여 년 동안 모네의 집과 정원을 복원했다.

40년 이상 이곳에서 삶을 지키던 모네. 그의 심장 같은 공간에 들어가려 하니 나 역시 두근거렸다.

처음 입장한 방은 블루 살롱Blue Salon이다. 벽면은 연하늘색, 겹겹이 층을 쌓아 만든 장식 몰딩은 진한 애저 블루 색으로 포인트를 줬다. 이 사랑스러운 파란색은 모네가 직접 선택해 페인트칠한 것이라

우키요에가 가득한 블루 살롱

한다. 모네가 수집했던 수많은 일본 목판화 우키요에Ukiyo-e가 빈 벽을 차지하고 있었다. 모네도 반 고흐를 비롯한 여타 프랑스 화가들처럼 일본 문화, 특

히 우키요에에 미쳐 있었다. 그는 200여 개가 넘는 일본 우키요에 작품들을 소장했다고 한다.

　모네의 공간에서 직접 마주하니 작은 동양의 나라, 일본이 19세기 서양 미술사에 얼마나 커다란 파급력이 있었는지를 격렬하게 느낄 수 있었다. 서양 미술사 책에 우키요에가 등장하면 어찌나 질투가 나던지. 서양 미술사 책 속엔 일본 문화를 지칭하는 '자포니즘Japonisme'이 있고 서양에서 사용한 화려한 중국풍 양식인 '시누아즈리Chinoiserie'가 있다. 하지만 한국 문화를 지칭하는 '코리아니즘Koreanism' 같은 단어는 없다. 요즘엔 'K-'만 단어 앞에 접두사처럼 갖다 붙이면, '코리안 스타일'이 되지만 보수적인 미술사에서는 턱없는 소리다. 이럴 때는 나도 모르게 잠자는 애국심이 툭 튀어나와 버린다.

모네가 그림을 그리던 작업실

　모네의 작업실로 들어갔다. 계단을 통해 반 층 내려가니 그냥 불쑥 침범하는 게 아니라 예배당에 들어가는 것 같은 의식적인 느낌을 준다. 벽에는 모네가 그렸던 작품들이 살롱 스타일로 빼곡하게 걸려 있었다. 물론 이곳에 설치된 작품들은 재생산된 가작이다. 루앙에서 직접 봤었던 루앙 성당, 모네의 수련 정원, 여인 까미유, 노를 젓는 여인들의 모습들이 눈에 들어왔다. 병상에 누워 죽어 가던 까미유의 마지막 모습을 담은 〈임종을 맞은 까미유〉도 있었다. 지금은 마르모탕 미술관, 오르세 미술관 등 각 세계 유명 미술관에 뿔뿔이 흩어져 있지만, 이 명작들을 모네의 작업 공간에서 한눈에 보니, 모네가 숨 쉬던 시절로 시간이 되돌아간 것 같았다.

2층으로 올라가면, 모네가 눈을 감기 전까지 누워있던 침실과 화장실, 그리고 아내의 침실이 있다. 모네의 침실은 갤러리 공간이라 해도 믿을 수 있을 정도로 벽이 그림으로 빼곡하다. 자신과 친분이 있고 그가 좋아했던 작가들, 카유보트, 세잔, 르누아르, 까미유의 작품들이 눈에 띄었다. 모네는 세잔을 평소에도 존경하고 자랑스러워해서인지, 그의 그림들을 자주 들락날락하는 화장실 공간에도 전시했다.

모네의 집에서 가장 특별하다고 생각하는 장소는 부엌이다. 모네의 집 주방 인테리어는 어떤 여자라도 한번 보면 떠나고 싶지 않을 거다. 버터옐로우 색 벽면은 레몬 향이 날 듯 상큼하고 푸른색과 흰색의 패턴 타일은 청량하다. 노란색과 파란색의 조합이 너무나 아름다웠다. 이 파란색 세라믹 타일은 루앙에서 가지고 온 타일이다. 모네와 루앙과의 인연이 이 부엌에서도 싹트고 있었다.

장식품, 꽃, 화려한 타일로 가득한 모네의 부엌

식탁 정중앙에는 아름다운 꽃 부케가 꽃병에 꽂혀 있었다. 평소 모네는
날씨가 흐리고 꽃이 피지 않는 계절에도 항상 봄처럼 따스한 느낌을 연출하
기 위해 정원에서 피는 꽃들을 식탁 꽃병에 꽂아 두었다고 한다.

누가 자포니즘 애호가 아니랄까 봐, 부엌에도 우키요에 작품들이 빠지지 않고 걸려 있었다. 중국의 화려한 접시들과 도자기들도 함께 배치되어 있었다. 동서양 문화가 함께 혼합된 퓨전 느낌이다. 요즘 인테리어라고 해도 될 정도로 세련된 감성이다.

창밖은 비가 내려 우중충한 날씨인데도 모네의 부엌엔 햇살이 들어오는 듯 밝다.

모네의 집에서 나와 모네의 '물의 정원'으로 향했다. 물의 정원은 모네의 정원이 있는 집터 건너편에 자리 잡고 있다.

"와, 정말 독한 노인네네!"

자신이 머리에서 그리던 세상을 실현하게 한 모네의 불굴의 의지를 직접 확인하니 툭 튀어나와 버린 마음의 소리였다. 눈앞에 펼쳐진 연못은 내 생각보다 훨씬, 정말 훨씬 넓었다. 엄청난 부지다.

모네의 성격이 그림과 다르게 괴팍하다는 이야기를 어느 글귀에서 읽은 적이 있다. 그런 괴짜 같은 성격이 아니라면, 이런 정원을 어찌 만들 수 있었겠나 싶다. 모네는 여기 고여 있는 물로 연못을 개조한 게 아니라 근처 엡트Epte강에서 물을 끌어와 인공 연못 정원을 만들려고 계획했다. 당시 이웃 주민들의 반대가 극심했다. 인공 연못을 만들면 수질 관리를 위한 화학물질을 사용할 수밖에 없고 주변 땅을 오염 시킬 게 뻔했기 때문이다. 그러나 누구도 모네의 강한 의지를 막을 수 없었다.

물의 정원은 원래 존재했던 것처럼 평화롭고, 새의 둥지처럼 아늑했다. 클로드 모네는 이곳에 지인들과 손님들을 초대해서 몇 시간 동안 시간을 보내고 자유롭게 작업 활동을 했다. 시간과 계절에 따라 모습이 달라지는 물의 정원의 풍광보다 흥미로운 주제는 그에게 없었을 것이다. 그리고 매일 재택근무니 얼마나 편했을까? '오늘은 무엇을 그리나?' 고민하며 밖을 배회할 필요 없이 매일 시시각각 모습을 달리하는 정원을 소유했으니 말이다.

특히 연못에 떠 있는 연꽃이 없었다면 모네의 수련 연작은 세상에 존재하지 않았을 거다. 모네는 라투르마힐락 Latour-Marilac 양식장에서 처음 연꽃을 구매했다고 한다. 십여 년 넘게 프랑스에서 많이 거래되던 주요 종자는 백색 꽃을 피우는 연꽃이었다. 그러나 모네가 구매한 것은 하이브리드 품종으로 개발돼 상업화된 품종이었다. 이 품종은 분홍색에서 진한 빨강, 연한 노란 색에서 진노랑 등 다채로운 색감을 피우는 게 특징이다.[5]

다양한 색의 연꽃들은 모네의 회화 재료나 다름없었다. 모네는 그림이나 실제 풍경에서나 힘차게 발광하는 천연색들이 얼마나 조화롭게 균형 잡힌

---

5) Gloria Groom, "The Real Water Lilies of Giverny", www.artic.edu/articles/886/the-real-water-lilies-of-giverny, (2024.2.20)

구도를 만들어 낼 수 있는지를 중요하게 생각했다. 그래서 색의 조화와 배열까지 고려해서 연꽃을 물에 띄웠다.

그의 사전엔 대충이란 없는가 보다.

현재 연꽃이 있어야 할 수면 위에는 갈색 잎들이 떨어져 있었다. 낙엽과 꽃잎 같은 자연의 부스러기들이 수질을 지저분하게 만들고 있었다. 오랑주리 미술관의 소장품인 〈수련 대장식화〉가 내게 안겨주었던 몽환적이고 환상적인 느낌을 홀딱 깨 버리는 풍광이다. 완연한 봄이 오기 전이라 울창한 초

모네가 좋아하던 일본 다리

록 나무와 꽃들이 만발한 자연의 합주곡을 볼 수 없었다. 하지만 수면 위로 떨어지는 빗방울이 만들어 내는 물 파동들이 그 자리를 대신했다.

그래도 긍정적으로 생각해 보려 한다. 이런 비수기에 와서 좋은 점은 사람이 덜 붐빈다는 점. 내겐 여행에 있어서 아주 중요한 요소다.

난 모네의 물의 정원을 찬찬히 걸으면서 깨달았다.

여긴 그냥 단순한 정원이 아니라 한 인간이 만들어 낸 고귀한 세계관이라

는 것을.

흔히들 그냥 시간이 흐르게 놔두면 살게 되는 거라 말한다. 삶에 대한 태도가 수동적으로 변한 시기에 나도 한동안은 그렇게 살아지는 대로, 흘러가는 대로 살았다. 그럴 수밖에 없는 게, '내가 정말 원하는 것'이 뭔지 모르는 시기를 거치기 때문이다.

모네의 작품들과 그의 집, 정원과 물의 정원까지 보고 있으면, 자신이 좋아하는 것을 분명하게 알고 실행하는 힘이 얼마나 값지고 의미 있는 건지 알게 된다. 보통 사람들 같으면, 그냥 남과 비슷하게, 평범하게, 적당히 타협을 보며 살아가곤 하는데, 정말 원하는 세계를 창작하기 위해 모네는 전진했다.

'시간이 내 삶의 주인이 되는 삶'과 '내가 내 삶의 주인이 되는 삶.' 모네의 발자취를 따라가면 이 둘의 차이를 극명하게 알게 된다. 이러한 삶의 태도는 개인의 삶에서도 좋지만, 더 나아가 국가적으로도 나비효과처럼 영향력이 막대하다. 모네를 한 번도 만나 본 적이 없는 관광객들이 비행기를 타고 특별한 것 없는 시골 마을, 지베르니까지 찾아온다는 것만으로도 기적이 아닐까? 난 또다시 예술가의 막강한 힘을 느낀다.

시간과 문화의 차이를 초월할 수 있는 건 개인의 무한한 상상으로 일군 세계관이라는 것을.

다음에는 꼭! 연꽃이 피는 계절에 와 봐야겠다고 다짐했다. 꽃보다 더 많은 사람이 있을 테지만 아름다운 꽃이 핀 절경을 보기 위해서는 감수해 보겠다. 사람 붐비는 걸 엄청나게 싫어하는 내가!

모네의 집에 가기 전 알면 좋은 것들

1. 모네의 집을 방문할 때 미리 온라인으로 티켓을 사전구매 하면 더 빠르게 입장이 가능하다. 현장 발권 입구와 다르다.
   www.claudemonetgiverny.fr
2. 모네의 정원엔 계절마다 다른 꽃과 식물들을 심는다. 그렇다 보니 계절별로 모네의 집 분위기가 다르므로 원하는 특정 시즌을 골라 가면 좋다.
3. 지베르니 교회 공동묘지에 모네의 묘가 있으니, 놓치지 말고 꼭 가서 볼 것! 꽃을 사랑하는 남자답게 묘석 위에 꽃이 한가득 심겨 있다.

어메이징한 룸서비스

한밤 중 호텔에서 생긴 일

고된 하루의 끝이 저물어 간다. 골동품의 천국인 도시 릴슈라소르그L'Isle-sur-la-Sorgue에서 저녁으로 피자를 먹고 다시 엑상프로방스에 있는 숙소로 향했다. 이른 아침부터 엑상프로방스의 세잔 작업실, 생레미드프로방스 그리고 릴슈라소르그까지, 하루 동안 도시 세 곳을 다니다 보니 너무나도 고단했다. 간절히 원하는 건 이제 호텔로 돌아가 뜨끈한 물로 샤워하고 아무 생각 없이 잠을 청하는 거. 그거뿐이다.

엑상프로방스로 돌아가는 길에 마주한 노을 풍광

"어머, 이게 뭐야?"

방에 문을 열고 들어갔는데 방은 치워져 있지 않았다. 객실 청소 서비스 흔적을 전혀 눈 씻고 찾아볼 수가 없었다. 뱀 똬리 튼 이불, 사방에 흩어져 헤매고 있는 쿠션과 베개들, 내 입술 자국이 그대로 찍힌 컵도 그대로 있었다. 화장실엔 샤워하고 바닥에 내팽개쳐 둔 수건은 바닥에 떨어진 채 그대로였다. 물론 새로운 수건도 채워져 있지 않은 채로.

내가 원하던 뜨끈한 샤워와 여유 있는 저녁 시간은 와장창 깨져 버렸다. 더 황당한 건 Y와 M의 방은 말끔하게 정돈되어 있었다는 사실이다.

기억을 되돌려 봤다. '방해하지 마세요!'라는 표지판을 문 앞에 내건 것도 아니었다. 그렇다고 '메이크업 룸' 표식을 해놓고 나온 것도 아니다. 서둘러 나오느라 그냥 문만 닫고 나왔었다. 일반적으로 '방해하지 마세요!' 팻말만 해놓지 않는 이상 내부에 사람이 없다는 것만 확인하면 객실 청소를 진행한다. 호텔에 한두 번 숙박해 봤던 것도 아닌데, 이런 경우는 처음이었다.

난 로비 안내 데스크로 달려갔다. 안내 데스크에는 저녁 교대 근무를 하는 남자 직원이 한 명이 있었다. 검은 뿔 테 안경을 쓴 호리호리한 젊은 흑인 남자였다.

"Bonsoir, madame(안녕하세요), 뭘 도와드릴까요?"

난 최대한 흥분을 가라앉히며 말했다.

"제가 외출하고 10분 전에 방에 들어갔는데, 방 정리가 하나도 안 되어 있던데요. 방 두 개를 예약했는데, 왜 제 방만 정리가 안 되어 있는 거죠?"

"몇 호 시죠?"

"131호요."

남자 직원은 고개를 갸우뚱하며 그럴 리가 없다고 말했다. 담담한 그의 반응에 답답함을 느껴 난 다시 말했다.

"그죠. 말이 안 되죠? 설명을 다시 하는 거보다, 와서 직접 보시는 게 어때요?"

직원과 함께 객실로 올라갔다. 그는 내 침실을 휙 둘러보고, 화장실을 둘러봤다. 그리고 그의 변명은 내 화를 더 돋우었다.

"수건을 욕조 안으로 넣어두어야 해요. 그래야 새로운 수건으로 갈아드립니다. 아마 그래서 메이크업 룸서비스를 안 하고 넘어간 걸 거예요. 여기 메시지 쓰여 있잖아요. 다 쓰고 갈아주길 원하는 수건은 욕조 안에 넣어두라고."

'다 쓴 수건을 바닥에 두는 거나 욕조 안에 던져두나, 뭐 그리 큰 차이라고….'

결국 새로운 방, 127호 키를 받았다. 짐을 옮기기 전 방 상태를 먼저 둘러보기로 했다. 이 호텔의 서비스에 대한 의구심이 생긴 이상 번거로워도 어쩌겠나. 내가 확인해 볼 수밖에.

그런데 뭔가 이상했다. 방과 화장실은 깨끗하게 정리된 것처럼 보였는데, 어딘지 모르게 사람의 손을 탄 느낌이 들었다.

보통 방 정리를 해 주는 직원은 수건을 각 잡아 접어서 선반 위에 놓아두거나 수건걸이에 걸어 둔다. 그런데 큰 수건 하나가 문 뒤편 고리에 걸려 있었다. 마치 누군가 샤워하고 그냥 거기다 툭 걸어놓은 것처럼. 물컵도 누군가 마시고 툭 올려놓은 듯 원래 위치를 벗어나 있었다.

난 입이 댓 발로 나와 씩씩거리며 다시 로비로 부리나케 내려갔다. 아까 그 직원은 손님과 대화를 나누던 중이었다. 얼굴이 벌게지고 뱁새눈이 된

내 얼굴을 보더니, 대화를 중단하고 물었다.

"그 방은 괜찮죠?"

난 씩 웃으며 냉소적으로 답했다.

"이 호텔 서비스가 이것밖에 안 되다니 아주 실망스럽네요. 직접 올라가서 방 확인해 보세요. 더 이상 언급하기도 힘이 드네요."

아까운 저녁 시간만 흘러갔다.

십오 분 후, 직원은 새로운 방 열쇠를 들고 다시 돌아왔다. 그는 이미 자기가 괜찮은 상태라는 걸 다 확인하고 왔으니 안심하라며, 새 방으로 안내해 주었다.

방 호수는 119.

'이 사태를 빨리 진압하겠다는 의미인 건가?'

밤 10시가 넘어 방 두 번 바꾸는 한바탕 소동을 치른 후, 난 너무 피곤해서 잠시 침대에 누웠다. 그런데 갑자기 호텔 방 전화가 울렸다. 아까 그 직원이다.

"손님, 아까 불편을 드려 죄송해서, 저희 측에서 사죄의 뜻으로 주차비를 받지 않기로 했습니다.

"아, 네, 주차비가 얼마였죠?"

"25유로입니다."

전화를 끊고 "푸하하" 혼자 웃음이 크게 터졌다.

고작 보상이 하룻밤 주차비라니…. 여긴 별 한 개 주기에도 너무 아까워!

3.
건
축

날 작아지게 만든
영원불멸의 공간

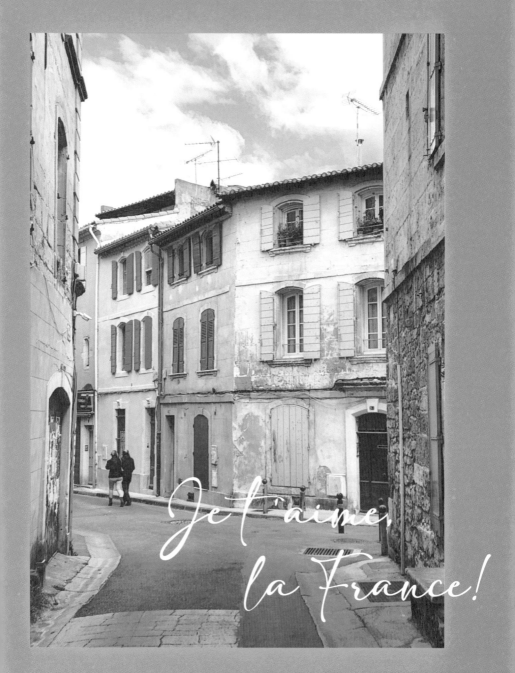

Je t'aime,
la France!

모네가 뭉갠 대성당
'어떻게'는 작가의 주관적 선택으로부터

루앙

Rouen

오베르쉬아즈에서 반 고흐의 마지막 순간을 느끼고 루앙으로 향했다. 오늘 루앙에서 1박을 할 예정이다. 루앙으로 가는 내내 우리는 불안한 눈빛으로 시계를 계속 봤다.

"우리 다섯 시까지는 도착하겠지?"

"충분히 들어가지. 도시에 들어가서 길을 헤매지만 않는다면."

나름 시간 계산을 해서 움직인 건데, 시간이 촉박했다.

자유여행이 좋은 건 내 마음대로 언제든 가고 싶은데 가고, 쉬고 싶으면 쉬는 거다. 그러나 우리가 지금 오후 다섯 시까지 루앙에 들어가야 하는 데 혈안이 된 건 어쩔 수 없는 선택이었다. 클로드 모네의 그림 〈루앙 대성당〉 속 성당을 봐야 하기 때문이다. 루앙 대성당은 일요일에는 오후 6시에 문을 닫는다. 그리고 월요일에는 오후 2시부터 연다.

날 작아지게 만든 영원불멸의 공간

183

오늘은 일요일이니 오늘 성당 내부를 보지 못하면 월요일에 봐야 하는 건데. 다음 날 오전 시간을 대기하는 데에 보내기엔 시간이 아까워서 무조건 오늘 봐야 하는 일정이 돼 버렸다.

오후 5시 30분.

루앙에서 하룻밤 묵을 숙소에 도착했다. 짐만 차에서 꺼내 호텔 안내 데스크에 맡겨놓자마자 체크인 없이 우린 곧장 루앙 성당으로 걸음을 재촉했다. 루앙 도시는 잠든 유령 도시처럼 조용했다. 다들 약속이나 한 듯 상점들은 모두 닫혀 있었다. 심지어 동네를 돌아다니는 주민들의 모습도 잘 보이

루앙 대성당의 전경

지 않았다. '이래도 경제가 잘 돌아가나?'라는 의문이 들 정도다.

루앙 성당의 규모가 엄청나서 아직 성당 앞까지 도착하기도 전에 뾰족한 첨탑이 시야에 걸려들어 왔다. 드디어 루앙 성당 파사드 앞에 도착한 순간 난 기겁했다. 미치도록 장엄했고 내가 모네 그림에서 봤던 성당과는 아주 큰 차이가 있었기 때문이다.

M은 목이 넘어가며 구경하던 날 보더니 내 등을 떠밀면서 말했다.
"멋있는 건 알겠는데, 일단 시간 없어. 내부부터 봐!"
외관을 감상할 겨를도 없이, 난 우선 성당 내부로 뛰어 들어갔다.

루앙 대성당은 후기 고딕 양식으로 지어진 로마 가톨릭 성당이다. 성당 내부는 그 여느 유럽 성당과 다른 건 없어 보였다. 하지만 내부 공사를 꽤 크게 하는 중이었고 철 구조물들이 높은 천고까지 탑처럼 쌓여 있었다. 그래서 우리는 공사를 하는 주요 예배실은 피해 둘러봤다.

제일 인상적인 건 굵직한 기둥이었다. 이리 무거운 석조 지붕들을 떠받치기 위해서 상당히 튼튼한 기둥이 있어야 하는 건 상식적으로 당연하다. 마치 굵은 대나무 통들을 여러 개 묶어 놓은 거 같았다. 대나무 줄기 같은 자국들도 이 돌기둥에 비슷하게 나 있었다. 아마 더 길게 잇기 위한 마감 자국인 듯 보인다.

기둥에 몸이 묶여 죽음을 기다리는 잔 다르크Jeanne d'Arc의 동상이 눈에 들어왔다. 난 도시 '루앙' 하면 클로드 모네를 자연스레 떠올리지만, 루앙은 프랑스인들에겐 '잔 다르크의 도시'로 더 널리 알려진 도시다. 잔 다르크가 이곳에서 화형에 불타 죽음을 맞이했고 이곳에 묻혀 있기 때문이다. 잔 다르크의 역사는 자세하게는 몰라도 그녀의 존재는 항상 '마녀사냥'과 여성 인권에 관한 이야기에서 언급되었던 이름이니, 낯선 인물은 아니었다. 참고로 잔 다르크를 위해 지은 독특한 디자인의 잔 다르크 교회도 이곳 루앙에 있다.

튼튼해 보이는 성당 내부 기둥

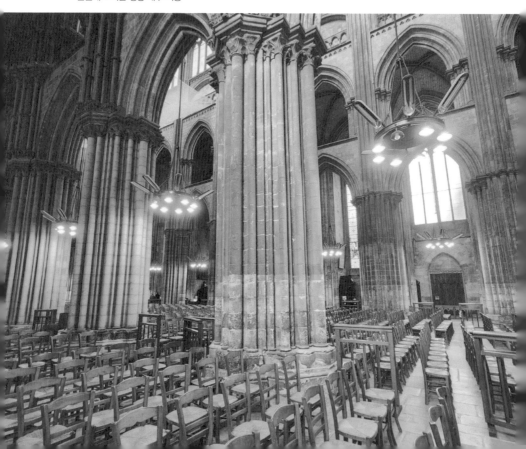

유럽 성당에 오면 왜 그리 기도를 하고 싶어지는 건지. '먼 길에서 온 이방인의 기도는 더 잘 들어주지 않을까?' 하는 마음에 묵직한 동전을 기부하고 초를 가져갔다. 내겐 특정 종교가 없다 보니 어떤 종교적 의식을 거치는 게 어색하다. 그런데 낯선 타지인 유럽 성당이나 교회에 들어가 초 하나에 불을 붙

소원을 빌며 켠 빨간 초

이고 기도하는 건 부담 없이 편하게 느껴진다. 나와 M은 빨간색 초를 하나씩 집어 불을 붙였다. 그리고 잠시 기도했다.

"앞으로 남은 이 긴 여정을 사고 없이, 질병 없이 무사하게 끝날 수 있게 해 주세요."

나도 덧붙였다.

"혹시나 모를 싸움의 불씨도 꺼 주세요."

이 여행에서 바라는 건 평화, 건강, 무사 귀환이다. 다른 것들은 다 부차적이다.

오후 6시가 되어 성당을 빠져나왔다. 이제 자유롭게 외관을 보려 하니 부슬비가 내리고 있었다. 급하게 나오느라 우리 중 아무도 우산을 챙기지 못했다. 우린 반대편 건물의 천막 아래로 잠시 들어가 대성당의 외관을 둘러

날 작아지게 만든 영원불멸의 공간

보았다. 정말 루앙 대성당의 외관은 입이 벌어질 정도로 멋있었다.

10년 전 독일에서 쾰른 성당을 봤을 때 마주한 충격과 비슷했다. 뾰족한 첨탑에 생선 가시처럼 잘게 쪼개진 장식물들, 세월에 빛이 바래 시꺼메져 오묘한 색감을 내는 외벽, 엄청난 규모에 난 소름이 돋았었다. 하나하나 수작업으로 조각해서 저 본채 건물에 안착하는 과정들. 미리 계산되었을 치밀함과 수많은 인력의 모습들을 상상만 해도 짜릿했다.

계속 고개를 들고 하늘 높이만큼 바라보게 만드는 것도 신을 올려다보게끔 하는 건축의 힘일 것이다. 아무리 큰 자아를 가진 인간도 한없이 작아지고 숙연하게 만드는 성당 건축물의 거대함과 아름다움은 언제 봐도 경이롭다.

"모네가 지냈던 곳이 내가 지금 여기 서 있는 이 어디 근방이 아니었을까?"

성당 앞 광장 주변을 둘러보며 혼자 추측해 봤다. 클로드 모네는 1892년 1, 2월 사이에 루앙 성당 파사드 건너편에 있는 방을 빌렸다. 봄까지 머물면서 루앙 성당 파사드의 모습을 회화로 담았다. 그리고 그다음 해에 또다시 찾아와 서른 개 이상의 루앙 성당 연작을 만들었다.

나의 기억을 더듬어 보면, 난 루앙 대성당 연작 중 두 점을 2006년 시카고 미술관에서 처음 봤다. '안개가 낀 뿌연 인상, 밝은 파스텔 톤과 짧은 붓 터치.' 이것들이 생각나는 그림의 특징들이다.

모네의 그림 속 성당은 대충 물감으로 뭉개 놓은 것 같았다. 세밀한 묘사 대신 음영 대비로 덩어리 감을 표현했기 때문에 난 루앙 성당이 복잡하고 세밀한 외관을 가졌는지는 상상조차 하지 못했다.

"내게 주제 자체는 중요하지 않은 요소다. 내가 그림에서 보여 주고
자 하는 건 주제와 나 사이에 존재하는 그 무엇이다." **– 클로드 모네**

그런데 실제로 보니 세밀한 장식성이 눈알이 빠질 정도로 혀를 내두르게
한다. 모네의 심정도 이해가 간다. 이 외관을 속속히 다 상세하게 그렸다가
는 속이 타들어 가고, 그리는 과정에 이미 질려버렸을지도 모른다. 그럼 서
른 개 이상의 연작은 꿈도 못 꿀 일이다.

전통 회화방식을 거부하던 클로드 모네에게 중요한 건 성당을 감싸 안은
분위기 그 자체였지, 파사드의 정교한 디테일이 아니었다. 모네가 말하는
'주제와 나 사이에 존재하는 그 무엇'은 그날의 날씨, 온도와 햇살, 그리고 그
주제를 바라보는 화가의 내면이 뒤섞인 특별한 그 무엇이다. 그래서 모네가
그렸던 성당 연작을 쭉 보고 있으면 모네가 느꼈던 모든 걸 경험케 한다.

모네의 〈루앙 대성당〉 연작

정교한 대성당의 외관

3. 건축

반전이 있는 궁전
궁전 뒤편에 감춰진 매력

퐁텐블로
Fontainebleau

퐁텐블로는 파리에서 차로 1시간 반 정도 달리면 갈 수 있는 근거리다. 퐁텐블로 궁전은 베르사유 궁전과 비교당하는 설움이 있다. 2006년 여름 유럽 패키지여행으로 프랑스에 왔을 때 일화가 아직도 생각난다. 버스 안에서 누군가 "퐁텐블로 궁전은 어때요?"라고 물어보자, 담당 투어 가이드가 이렇게 얘기했었다.

"가끔 손님들이 비교해서 물어보시는데요. 솔직히 전 너무 좋아하는 곳인데, 프랑스 처음 오신 여러분들에게는 퐁텐블로 궁전이 감흥이 없으실 거예요. 베르사유 궁전이 훨씬 시각적으로 화려한 요소들이 많다 보니 대부분 처음 프랑스 오시는 분들을 위한 프로그램에서는 퐁텐블로는 빼죠."

베르사유 궁전에 비하면 화려함은 좀 떨어지지만, 2위로 밀려난 퐁텐블로 궁전을 직접 볼 수 있겠다는 생각에 내심 설레었다.

풍텐블로 궁전은 국왕들이 지냈던 곳인 만큼 웅장했다. 그리고 예상했던 것보다 간결하고 고전적이다. 외관은 완벽한 대칭을 이루고 은은한 회색 지붕으로 덮여 있다. 화려한 장식은 거의 눈에 띄지 않는다.

그중 궁전의 우아함의 정수를 보여 주는 건 정면 한 가운데 배치된 말발굽 계단이다. 이 계단은 17세기 초, 왕 루이 13세의 요청으로 지어졌다. 말발굽 계단의 우아한 S자 곡선은 직선적인 외관이 주는 묵직한 느낌과는 확연히 대비된다.

말굽 계단

딱딱한 돌계단으로 이렇게 섬세한 형태를 창조한다는 게 어찌나 신기한지. 난 조심스레 한 계단씩 올라갔다. 왕들이 걸었던 계단이라고 생각하니 권력이 생긴 듯 어깨에 힘이 바짝 들어갔다. 손잡이에는 돌이 벌어지지 않게 철심을 박아 두었다. 그 모습이 정말이지 말 발바닥에 박은 편자 같았다.

나폴레옹 황제가 엘바섬으로 유배 가는 날, 이 말굽 계단을 걸어 내려왔다. 그리고 승리와 참패를 함께 했던 친위대에게 눈물의 작별 인사를 했던 곳이다. 자신의 전성기를 뒤로하고 강제 퇴위한 황제가 뚜벅뚜벅 이 계단을 내려오며 느꼈을 감정은 어떠했을까?

아직 난 삶의 정점을 올라가 본 적이 없어서 가늠은 되지 않지만, 모든 게

퐁텐블로 성

부질없고 허망했을 거다. 게다가 키가 160cm 정도밖에 되지 않았으니, 이 커다란 궁전 앞에서 자신이 더 작고 초라하게 느껴졌을 듯하다.

나폴레옹의 발자취를 따라갈 수 있는 나폴레옹 아파트 내부로 먼저 입장했다. 그의 생활공간은 예상대로 화려했다. 붉은색과 초록색이 황제의 상징성을 상징한다. 노트르담 드 파리 성당에서 즉위식을 한 나폴레옹의 늠름한 모습을 담은 초상화가 제일 먼저 눈에 들어왔다. 나폴레옹은 황금빛 월계관 왕관과 진한 장미 색상의 퍼 숄을 걸치고 포세이돈처럼 봉을 잡고 있다. '짐이 곧 프랑스다!'라고 외치는 것 같다.

나폴레옹의 텐트

그의 부인 조세핀의 초상화도 같은 방에 있었다. 그림 속 조세핀은 흰색 드레스를 입고 고상한 눈빛으로 바라보고 있다. 나폴레옹이 죽을 때까지 잊지 못했던 여인이라 해서 신비로운 여인처럼 느껴지지만, 그녀는 독특한 냄새를 퍼트리는 여자였다. 나폴레옹의 편지엔 그녀에게서 풍기는 특유의 체취를 '카망베르 치즈의 향'과 같다고 언급했다 한다. 그림 속 우아한 모습과 어울리지 않았다.

나폴레옹의 초상화

나폴레옹의 버버리와 모자

나폴레옹이 직접 착용했던 모자와 버버리, 사용했던 식기류, 무기들과 군복 그리고 그의 아들의 요람까지. 나폴레옹의 삶이 묻어 있는 일상의 모든 것이 가지런히 진열되어 있었다.

셀 수 없는 방과 전시관들을 쉼 없이 다니면서, 다리도 아프고 살짝 지치기 시작했다. 겉에서 보기엔 화려함은 떨어지는 궁전이어도 국왕들의 거처지답게 방들이 기차 칸처럼 이어진 구조로 엄청나게 많았다.

"여기 겉에서 봤을 땐 이렇게 큰 궁전인지 몰랐는데, 너무 볼 게 많네. 우습게 볼 게 아니었어."

풍텐블로 궁전은 또 다른 발칙한 반전을 숨겨놓고 있었다. 처음엔 거대한 앞뜰과 왼편에 있는 왕비의 개인 정원, 디안느 공원Jardin de Diane만 있는 줄 알았다. 디안느 공원엔 입구부터 다채로운 색의 꽃들과 풀들이 심어진 화단 길이 나아 있었다. 초봄을 알리는 동백꽃과 장미꽃들도 보였다. 정원 중앙에는 사냥의 여신인 디안느 조각상이 있었다. 야생동물, 숲과 달을 관장하는 여신이라는 걸 상징하기 위해 조각상엔 사슴과 프랑스 사냥개 하운즈가 함께 있다.

"근데, 여기 왕의 정원 치고는 되게 아담하지 않아?"

풍텐블로 궁전 뒤편에 있는 '엉글레 정원Jardin d'Anglais'이 우리의 대화를 엿들었다면 엄청나게 비웃었을 거다. "영국 정원"이라는 의미의 엉글레 정원은 상상을 초월하는 규모를 자랑한다. 궁전의 공원과 정원을 포함한 모든 부지가 약 130헥타르 정도의 크기였다. 1헥타르 면적 안에 축구 경기장 두

개 정도 지을 수 있다고 치면, 축구 경기장 65개 정도를 지을 수 있는 면적
인 셈이다. 이 정원을 마주하기 전까진 이 궁전의 투어가 끝난 게 아니었다.

16세기 프랑스 왕이었던 프란시스 1세는 이탈리아의 르네상스 예술과 문
화를 프랑스에도 전파하고 싶은 마음에 이탈리아의 예술가들을 궁으로 불러
들였다. 활발하게 활동하던 이탈리아 건축가, 미술가, 장인들이 퐁텐블로에
모여 정원, 조각, 분수 등 설계와 장식을 했다. 지금의 엉글레 정원의 배열과
구조는 프랑스 건축가 막시밀리앵 조셉 흐롤트가 19세기에 디자인했다.

난 엉글레 정원에 발을 들이자마자
전혀 예상하지 못했던 규모에 혀를 내
둘렀다.

"세상에, 저게 호수야? 연못이야?"

엄청난 크기의 연못이 눈길을 사로잡
았다. 앙리 4세 때부터 키운 잉어들이
이곳에서 헤엄치고 있어 그 의미를 그
대로 따다 '잉어 연못'이라고 이름을 지
었다. 여전히 셀 수 없이 많은 잉어가
유유자적 헤엄을 치고 있었다.

수면 위로는 백조 한 마리가 유유히
헤엄치고 있었다. 동화에서나 볼 법한

정원의 연못 앞에서

하얀 백조를 이렇게 코 앞 근거리에서 보는 건 처음이었다. 백조는 이 넓은 지대와 연못이 모두 자신의 세상인 듯 느긋하게 물에 떠다니고 있다. 수면 아래의 분주한 발짓과는 다른 백조의 고요한 움직임을 응시하니 왜 백조가 우아함의 정석인지 알겠더라.

끝도 없이 뻗은 그헝 카넬

발걸음을 옮겨 앞으로 갈수록 우린 모두 끝이 보이지 않는 정원 부지에 입을 다물지 못했다. 한계를 모르는 듯 거대한 운하, 그헝 카넬Grand Canal이 직선으로 쭉 뻗어 있다. 아마 여기가 이 정원의 하이라이트가 아닐지 싶다. 이 운하는 앙리 4세의 통치하에 1606~1608년 사이에 만들어졌다. 운하 물은 얼마나 맑은지, 난간 위에서 내려다보아도 물 아래 있는 동그란 돌들이 투명하게 다 보였다. 청명한 파란 하늘이 거울처럼 운하 수면에 비추니, 마치 파란 카펫이 깔린 것 같았다. 그헝 카넬의 물줄기는 서쪽에서 동쪽으로 1.2km를 흐르면서 정원 구석구석에 생명의 물을 공급하는 궁전의 중추 역할을 하는 수로다.

티끌 하나 없는 푸른 하늘 아래 끝도 없이 뻗은 운하를 보니, 나의 내면이 비행기가 활주로에서 시원하게 이륙하듯 뻥 뚫렸다. 이렇게 시야를 저 멀리 뻗어 내는 것만으로도 나의 근시안적 시야가 스트레칭을 한다.

퐁텐블로 궁전은 겉보기와 달리 너무 넓어 볼 것들이 넘치는 역사의 보물 창고였다. 기념품 가게에 들러서 기념으로 틴케이스에 들어 있는 홍차를 하나 구매했다. 나폴레옹이나 퐁텐블로와는 관련 없는 작가의 그림이 그려진 홍차지만, 이걸 마실 때마다 퐁텐블로 궁전과 정원이 떠오를 거라는 생각에 신이 났다.

천장에 매달린 배

낭만적인 항구도시에서

옹플뢰르

Honfleur

3월 27일.

에트르타 다음 목적지는 옹플뢰르. 점심 먹는 시간을 아껴보자는 마음에서 우린 에트르타 해변 뒷골목에 자리 잡은 '르쁘띠 액쌍 Le Petit Accent' 제과점에 잠시 들렀다. 간단하게 차내에서 먹을 수 있는 샌드위치, 애플 타르트, 크루아상, 그리고 홍차와 커피를 주문했다.

주인 아주머니는 아메리카노를 거의 에스프레소 수준으로 진하고 적은 양을 줬다. 커피를 받은 Y와 M은 진한 커피를 좋아하지 않는 편이라 물을 더 넣어 달라고 요구했다. 그러자 빵집 아주머니는 의아해하며 부엌에 들어가 뜨거운 물을 더 타 줬다.

프랑스에서 파는 커피는 보통 한국에서 마시는 아메리카노와는 좀 다르다. 프랑스에선 카페 알롱제 Café Allongé [6] 를 주로 마신다. 그렇다 보니 진한 커

---

6) 아메리카노보다 적은 양의 물을 희석한 커피

피를 못 마시면 너무 써서 마시기 힘들다.

아주머니가 추가한 물의 양은 여전히 적었고 테이크아웃용 커피 컵 크기가 작아서 아메리카노가 되기엔 애초부터 어려워 보였다. 더 연한 커피를 원했던 Y는 한 차례 더 요청했다. 그러자 아줌마는 손짓하며 말했다.

"들어와서 직접 더 부으세요."

M은 물을 더 부어도 커피가 진하다며, 한 모금 마신 후에 바로 달콤한 빵을 베어 먹었다. 나도 치킨샌드위치랑 디저트로 산 사과 타르트에 홍차를 호로록 먹었다. 난 감동의 미간을 찌그러뜨리며 말했다.

"역시 빵은 프랑스지!"

빵은 바삭하고 안은 촉촉하니 너무 맛있었다. 특히 사과 타르트는 이번 프랑스 여행에서 처음 먹은 타르트다. 사과 타르트는 얇게 썰린 사과 슬라이스들이 꽃잎처럼 옹기종기 붙어, 위에는 달콤한 설탕 코팅이 반짝거렸다. 프랑스에선 어느 브랑제리에서나 파는 흔한 빵인데, 이상하게 한국에서는 이렇게 바삭하고 향긋한 단맛이 나지 않는다.

혀를 녹이는 프랑스 사과 타르트

"Une tarte aux pommes, S'il vous plaît.(사과 타르트 한 개, 부탁해요.)"라는 문구를 난 머리에 외웠다. 빵집 갈 때마다 사과 타르트를 먹겠다며.

에트르타에서 1시간 정도를 달리자, 부산 광안 대교를 연상케 하는 노르망디 교가 나왔다. 그 다리를 건너면 오른편에 옹플뢰르 마을로 진입하는 길이 나온다. 작은 회전 교차로를 지나면서부터 마을의 입구에 동화 마을 입구처럼 조성된 아름다운 조경이 눈에 들어왔다. 그 뒤로 잔잔한 바다도 보였다.

옹플뢰르는 프랑스 북서쪽에 있는 노르망디 지역의 작은 항구도시다. '옹플뢰르Honfleur'라는 이름은 고대 노르드어로 '강물 어귀'라는 의미를 뜻한다. 센느강이 시작되는 노르망디 해안가이며 해상무역에 유리한 지리적 조건을 가진 덕분에 프랑스 서북부를 담당하는 대표 항구도시로 자리 잡았다. 19세기 중반에 활동했던 화가들이 즐겨 찾던 항구도시이기도 하다.

제일 먼저 나의 임무는 주차장을 찾는 일. 유럽 소도시는 도시들이 워낙 작고 오래된 건물들이 많다 보니, 해당 시설의 주차장을 직관적으로 찾는 게 어렵다. 호텔도 예외는 아니었다. 오래된 도시와 건물을 보존하려는 엄한 규제 때문에 우리나라처럼 지하 세계를 만드는 것은 불가능하다. 그래서 호텔 건물 지하 주차장은 꿈도 못 꾼다. 사람들의 편의성은 부차적인 문제였다. 차에서 내려 재빠르게 호텔 리셉션으로 들어가 주차장 위치를 물어보고 주차 문제부터 해결했다.

옹플뢰르에는 유럽에서는 좀처럼 보기 힘든 독특한 목조 건물이 있다. 바로 생 카트린 교회 Église Sainte Catherine다. 보통 종탑은 교회 메인 건물의 가장 높은 곳에 짓는데, 생 카트린 교회 종탑은 예배당이 있는 교회 건물과 마주 보도록 따로 설계되었다. 종탑 건너편에 있는 생 카트린 교회는 외관부터 비상하다. 두 개의 커다란 지붕이 상당히 기분 좋은 균형감을 조성한다. 외벽과 지붕은 작은 나무판자들이 생선 비늘 문양처럼 겹겹이 겹쳐 있다. 무차별한 세월을 견뎌낸 나무는 결 따라 색이 바랬다.

생 카트린 교회 종탑   나무로 만들어진 독특한 외벽

교회 내부도 외관 못지않게 독특했다. 특히 천장이 독특한 구조로 지어졌

는데, 보통 성당에서 많이 볼법한 궁륭 구조 대신 배를 뒤집어 놓은 형상으로 디자인되었다. 아치 형태인 건 비슷하지만 조금 더 단순해 보였다. 유럽 성당, 교회 건축물에서 처음 보는 생소한 광경이다.

생 카트린 교회는 원래 돌로 지어진 석조 건물이었다고 한다. 그러나 백년 전쟁 때문에 교회가 파괴되었고 나무를 이용해 임시 건물로 재건한 건물이 지금의 교회다. 15세기 말 무렵부터 재건 공사에 착수했는데, 이 공사를 도맡아 한 사람들이 건축 전문가가 아닌, 배를 제작하는 사람들이었다. 이들은 전통적인 건축 기술에 대해서 잘 몰랐기 때문에 자신들의 전문 분야인 배를 제작하는 기술을 접목했다. 그리하여 뒤집힌 배 두 척이 천장에 매달려 있는 모습의 디자인을 탄생시켰다. 임시방편으로 지은 교회가 지금까지 잘 보존되어 특색 있는 목조 건물이라는 칭송을 받는 게 참 신기할 따름이다.

배를 거꾸로 뒤집어 놓은 듯한 천장

교회의 뒤집힌 배 모양 천장을 보니 어린 시절 기억이 되살아났다. 어릴 때 혼자 잠시 하는 놀이다. 누운 채로 다리를 뻗어 천장을 바닥 삼아 걸어 다니는 시늉을 했었다. 한창 만화에 빠진 시기에 지루함을 달래는 방법 중 하나였다. 매일 땅에 발을 붙이고 똑같은 풍경을 보는 건 지루했다. 피터 팬처럼 천장을 걸어 다녀보는 상상은 6살에겐 재밌는 놀이였다.

만에 하나 홍수가 나서 옹플뢰르가 물에 잠기면 저 교회 천장을 타고 다니면 된다. 그렇다 해도 그 누구도 알아채지 못할 것이다. 저게 원래 지붕이었다는 사실을.

낭만적인 비유바쌍 항구

숙소에서 오 분 정도 걸어 나오면, 비유바쌍Vieux Bassin으로 불리는 오래된 항구가 나온다. 여기가 옹플뢰르를 대표하는 풍광이다. 옹플뢰르 항구는 지금까지 부산, 제주에서 봤던 항구와는 사뭇 달랐다. 난 여직까지 항구에 대한 로망을 품어 본 적이 전혀 없었다. 그 이유를 난 이 항구를 보고 알았다. 낭만적인 항구를 본 적이 없었으니, 머리에서 그림조차 그릴 수 없었던 거였다.

임시방편으로 만든 목조 건물인 생 카트린 교회를 부수지 않고 그대로 놔둔 게 오히려 잘된 일이라는 게 느껴질 정도로 교회의 느낌과 이 항구의 분위기가 찰떡처럼 잘 어우러졌다. 선착장에는 요트와 배들이 수면 위에 줄지어 두둥실 제자리에서 떠다니고, 뒤편에는 엽서 이미지에서 볼법한 오래된 건물들이 줄지어 있다. 이 건물들은 가로 폭이 상당히 좁은 편인데, 높이도 들쑥날쑥, 폭도 제각각이다. 건물들은 서로 몸을 기대고 서 있는 것처럼 미세한 각도로 기울어졌다. 그래서인지 물살에 일렁이는 배들 때문에 미세하게 움직이는 착각도 불러일으킨다. 노을이 지는 시간대에 비유 바쌍 항구의 모습은 마치 영화 속 한 장면 같았다.

클로드 모네, 외젠 부댕, 구스타브 쿠르베, 라울 뒤피 등 다양한 작가들이 이곳에서 바다와 마을 풍광을 캔버스에 담았다. 동화 속에 나올 것만 같은 풍광 자체만으로도 왜 프랑스 작가들이 이 작은 항구 마을에 모였는지 이해가 갔다. 특히 옹플뢰르는 프랑스 풍경화 화가 외젠 부댕Eugène Boudin의 고향으로 잘 알려져 있다. 부댕의 미술관도 여기에 있지만, 시간 관계상 방문은 생략했다.

현재까지도 이곳이 예술가들의 도시라는 걸 느낄 수 있었던 건 의외로 즐비한 아트 갤러리 때문이었다. 작은 항구 도시에 이렇게 많은 아트 갤러리들이 있다니. 덕분에 생선의 비릿한 냄새만 날 거라는 항구도시에 대한 선입견은 무너졌다. 늦은 오후 시간대라 대부분 갤러리가 닫혀 있어 불 켜진 창을 통해 힐끔 볼 수 있었다.

엽서 같은 건물들

프랑스 식당에서 저녁 식사를 하고 잠시 편의점에 들러 숙소에서 마실 물과 간식을 구매했다. 호텔로 가는 길의 바다와 하늘 풍경은 아름다웠다. 노르망디 하늘은 미세먼지를 한 번도 흡수해 본 적이 없는 듯 보인다. 해는 이미 넘어갔고, 진한 코발트블루 색의 바닷물은 잔잔하다. 저 멀리 반대편 가정집에서 흘러나오는 조명은 바다 표면에 빛을 반사해 낮과는 다른 옹플뢰르의 저녁 풍광을 만들었다.

배도 두둑하게 부르고 아름다운 바다 풍경도 눈에 담으니, 다른 건 하나도 생각이 나지 않았다. 해가 떠 있을 때 생겨난 어떤 잡음도 잠시 덮어 둘

만한 풍광이다.

옹플뢰르를 더 예술적으로 즐기려면

1. 옹플뢰르의 비유바쌍 항구는 해가 질 무렵에 보면 좋다. 노을이 질 때 한 번도 보지 못한 영화 속 옛 항구의 정취를 느낄 수 있으니, 시간대를 잘 맞춰 보길 바란다.
2. 음악 애호가라면 옹플뢰르에 있는 에릭 사티Erik Satie의 생가를 방문해 보길 추천한다.

천 년의 미스터리한 수도원

신과 인간의 합작

몽생미셸

Mont-Saint-Michel

"우와, 저거 아니야? 저기 봐봐!"

M의 격양된 목소리에 차 오른쪽 창밖을 내다보았다. 주변은 시야를 방해하는 인조 시설이나 건물들 없이 넓게 펼쳐진 수풀과 구름 낀 하늘뿐이다. 그 사이에 저 멀리 둥그스름한 케이크 형태의 몽생미셸 수도원이 보였다. 내 주먹보다 조그마한 크기였다.

꿈에서나 볼법한 미스터리한 건축물과 점차 가까워지고 있다는 게 보고 있으면서도 믿기지 않았다. 내게 몽생미셸 수도원은 실제로 존재하긴 하나 현실 세계에선 존재하지 않을 것 같은 신비로운 건축물이다. 직접 보지 않는 한 진짜 인간의 힘으로 지었다는 사실을 난 믿을 수 없었다.

몽생미셸을 처음 알게 된 건 JTBC에서 방영했던 '더 패키지'라는 드라마였다. 패키지 여행사 가이드였던 소소는 한국 관광객들을 가장 처음 이곳으로 데리고 온다. 소소는 손님들에게 건물 가장 꼭대기에 하늘을 찌를 듯 높이 솟아 있는 황금 미카엘을 가리키면서 동상의 발아래에서 소원을 빌면 그 소원이 이뤄진다는 속설을 말해 준다. 달이 뜬 밤에 다시 이곳을 찾는데 그 때 보인 몽생미셸의 밤 풍광이 너무 멋있었다. 밀물이 들어와 가득 찬 검푸른 바닷물이 수도원 주변을 감싸고, 수도원에서 인공조명이 흘러나오니, 마치 공중에 붕 떠 있는 자태를 자랑한다. 컴퓨터 스크린을 뚫고도 황홀한 느낌이 강하게 체감되어 언젠가는 저길 꼭 가야겠다고 다짐했었다.

수도원 근처에는 주차할 수 있는 곳이 없다. 수도원에서 차로 15분 거리에 떨어진 곳에 있는 주차장에 주차하고 셔틀버스를 타야 한다. 주차장 부지가 거짓말 좀 보태서 대한민국 중학교 운동장을 서른 개 넘게 모아 놓은 것 같은 규모다. 몽생미셸 주차장은 이 수도원을 찾는 국내외 관광객들이 얼마나 많은지 가늠하게 해 준다. 난 한눈에 파악되지 않는 주차장의 규모를 보고 입이 떡 벌어졌다.

"이야, 여긴 진짜 관광 수입으로 살아가는 거구먼. 이거 주차 수익만 해도 얼마야?"

나보다 셈이 더 빠른 Y도 주차 공간을 탐색하며 프랑스 관광 수익이 얼마나 큰 액수일지 가늠한다.

"한대당 주차를 최소 2~3시간 하면 얼마지? 거기에다가 하루에 못 해도 1,000대라고 하면?"

주차하고 셔틀버스를 타러 갔다. 대기 줄의 선두에 있던 덕에 운 좋게 셔틀버스에 탑승하자마자 맨 앞자리를 차지했다. 맨 앞자리에 타니 커다란 통창 덕분에 앞 시야가 트여 몽생미셸까지 향하는 풍광을 즐겼다. 상점과 호텔들이 밀집된 마을을 지나고 나면 다리미로 다린 듯 편편한 갯벌이 양옆으로 펼쳐진다. 시간 맞춰 썰물은 빠져 버려 질퍽한 갯벌이 모습을 드러냈다. 그 위로 나아 있는 목조 다리 시작점에서 버스는 정차했다. 우리를 비롯한 모든 사람이 셔틀버스에서 내렸다.

1,300년의 세월을 품고 있는 몽생미셸 수도원의 웅장한 자태를 보고 우리 셋은 모두 잠시 할 말을 잃었다. 난 벅찬 감동을 너무나 멋진 말로 하고 싶어 온갖 형용사 중 아는 걸 두어 개 끄집어내기 위해 안간힘을 썼지만, 나와 버린 말은 고작 이거였다.

"와, 미쳤네."

언제든 비를 쏟아 낼 준비를 하는 듯 우중충한 하늘 아래 몽생미셸은 전혀 굴하지 않는다는 기세로 우뚝 서 있다. 오히려 회색빛이 감도는 흐린 날씨가 수도원의 분위기를 더 근사하게 만든다.

황금으로 뒤덮인 천사 미카엘 동상은 얼굴이 제대로 보이지 않을 정도로 멀리 높은 곳에 우뚝 설치되어 있다. 갈매기들은 하늘 높이 미카엘 동상 주변을 날고 있었다. 소원이 이뤄지게 의식을 치르는 듯 주변을 계속 맴돈다.

몽생미셸 앞에 서니 기분이 어딘가 오묘했다. 순식간에 어딘가를 관통해 중세 시대로 들어온 건지, 아니면 내가 CG로 만들어진 건물 앞에 서 있는 건지 헷갈렸다. 스마트폰을 한 손에 들고 요즘 브랜드의 옷을 입고, 최신식 카메라로 풍경을 찍고 있는 사람들은 분명 지금 현재를 살아가는 사람들인데, 그들 앞에 우뚝 서 있는 수도원의 모습이 너무나 이질적이었기 때문이다. 지금 2023년 그리고 1,000년 이전의 시간. 그 거대한 시간차의 틈이 만들어 내는 거대한 충돌이 온몸으로 느껴지는 것 같았다.

갯벌이 드러난 몽생미셸 수도원의 모습

몽생미셸 건설은 한낱 꿈에서 시작되었다는 신화 같은 이야기가 존재한다. 708년, 성 우베르가 잠을 자고 있는데 꿈에 미카엘 천사가 나타났다. 게다가 한 번도 아니고 세 번이나 나타나서 성 우베르에게 자신의 이름을 붙인 수도원을 지으라는 명령을 내렸다. 성 우베르는 이 꿈은 신이 자신에게 내린 거부할 수 없는 계시라 여겼고 수도원 건설을 착수하기로 마음을 먹는다. 이후 966년에 산 가장 꼭대기에 처음 교회를 지으면서 그 주변으로 차차 구조물들이 형성되었다. 점차 수도승들의 인원이 증가하고 기존에 세워진 교회는 모든 이들을 수용하기에 턱없이 작아져 버렸다. 11, 12세기 동안에는 로마네스크 수도원 교회를 지었고 이후 군사적 구조물을 추가했다. 그 덕분에 백년 전쟁에서도 살아남을 수 있었다.

작은 돌산 섬 위에 마을을 형성해서 살았던 옛 프랑스인들의 삶은 여전히 남아 있었다. 지금은 관광지이지만 빵, 식료품, 과일을 파는 가게들은 여전히 존재하고 있으니, 옛날 사람들이 이곳에서 어떻게 살았는지 조금은 상상을 할 수 있었다. 한국에서 가끔 홍차와 즐겨 먹는 라 메르 뿌라르La Mère Poulard 쿠키도 눈에 띄어 반가웠다. 쿠키 브랜드 '라 메르 뿌라르'는 몽생미셸에서 요리사이자 여관 주인이었던 여인의 이름, '앤 부튀오 뿌라르'에서 따온 것이다. 그녀는 노르망디의 버터와 달걀을 이용해 쿠키를 만들었고, 오믈렛도 맛있어서 유명했다. 오늘날까지도 그 조리법으로 오믈렛을 판매한다고 하는데, 너무 평범한 메뉴라 비싼 금액을 내면서 먹고 싶은 욕구는 없었다. 대기하는 줄도 길었던 데다 내가 손쉽게 눈 감고도 만드는 메뉴이니 패스했다.

　작은 집들과 상점들은 구불구불한 달팽이 같은 구조의 길과 높은 성곽을 따라 나 있다. 우리는 나선형 길을 따라 수도원으로 입장했다. 1,000년이 넘은 건축이며 수도원이라 호화생활을 했던 국왕의 궁전을 탐방하는 분위기와는 사뭇 달랐다. 눈요기가 될 만한 화려한 요소들은 전혀 없었다. 거대한 창문 그리고 부식의 속도가 느려 아직도 버티고 있는 수백 년 된 돌기둥과 계단들을 통해 수도승들의 삶을 추측해 볼 뿐이다.

수도원 내 예배당

다채로운 색감의 수도원 돌벽

　수도원의 돌계단을 걸어 다니면, 운동화 발바닥이 부딪히면서 찰싹 가죽으로 바닥을 때리는 소리가 난다. 어린 시절 즐겨보던 디즈니 만화 '아서 왕

수도원으로 향하는 계단

의 검'이 불현듯 생각났다. 마지막 장면에서 왕이 된 아서가 국민의 환호성 소리를 피하려고 이리저리 궁 안을 활개치며 뛰어다닌다. 이때 구두 굽이 돌바닥에 착착 감기는 음향이 있는데 이 수도원 바닥에서도 그런 소리가 났다. 직접 나의 발걸음 소리를 들으니 새삼 디즈니의 섬세한 음향효과에 감탄했다.

수도원 안팎을 걸으면서 난 종교를 향한 인간의 무한한 믿음이 얼마나 거대한지, 동시에 거대한 건축 아래에 있는 인간은 상대적으로 얼마나 하찮고 나약한지를 경험했다.

'종교에 대한 믿음이 얼마나 크면 그 꿈 하나로 이러한 건물을 설계할 수 있었던 걸까?'

프랑스인들의 똑똑한 두뇌와 실행력에 위대함을 느꼈다. 건축은 회화나 조각 작품처럼 개인이 스스로 미적인 영역만을 탐구해서 할 수 있는 부분이 아니라 지형적 특성, 건축 자재 운반과 균형 잡힌 치밀한 설계 그리고 어마어마한 땀방울이 뒤섞인 노동력이 뒷받침되어야 한다. 느리고 치밀한 일련의 과정들이 한 세대가 저물고 또 다른 세대가 바통 터치를 이어받아서 꾸준히 차곡차곡 지어졌다는 사실에 난 대단하다고 인정할 수밖에 없었다.

그러고 보면 난 뭐든지 빠르게 흘러가는 서울에서 살면서 빠르게 철거되는 주거 건물들과 시시각각 폐업하고 새로 오픈하는 가게들에 자주 노출되어 있다. 빠르게 변화하는 환경을 당연시하며 살아가지만 요새 근래에는 불필요하게 빠른 속도감에 피로감을 자주 느끼곤 한다.

주변 환경이 계속 변하면 어떤 특정 장소에 마음을 기울이는 경험도 줄어든다. 즐거울 때나 힘이 들 때나 마음이 가고 즐겨 찾을 수 있는 장소가 5년이란 시간도 안 되어 사라져 버릴 땐 실망감이 무척 크다. 서울에선 10년을 버티면, '대단한 역사'인 거다.

그렇다 보니 언제 끝이 날 거라는 기약 없이 1,000년 이상의 세월을 인내하며 완공해 나간 몽생미셸의 존재가 기적처럼 느껴진다. 앞으로 50년, 100년, 200년 이후에도 여전히 이곳을 지키고 있겠지?

가까이에서 보면 공룡같이 거대한 몸집이지만, 멀리서 보면 미카엘 천사 초 하나를 꽂은 작은 홀 케이크 같은 몽생미셸.

차를 타고 점점 멀어져 가는 수도원을 바라보며 난 고개를 끄덕였다. 프랑스인들의 문화에 대한 콧대 높은 자부심이 괜히 나온 게 아니라는 것을. 그리고 아까 발밑에서 미처 빌지 못한 소원을 멀어져 가는 황금 미카엘을 보며 빌었다.

수도원에서 바라본 갯벌의 모습(다시 밀물이 들어오면 몽생미셸은 바다에 둘러싸인다.)

여자의 질투로 지어진 성

꽃향기가 가득할 수밖에

—

쉬농소

Chenonceaux

유럽 여행을 하는데 성을 빼놓을 수 있을까?

유럽의 성은 여전히 신비로움을 주는 존재다. 어린 시절에는 성과 궁전이라는 단어가 참 친근했다. 평범한 어린 시절을 보내면 누구나 한 번쯤 공주가 되어 본다. 손에 요술 봉을 쥐고 왕관을 쓰면 오늘은 인어공주, 내일은 신데렐라, 그다음 날엔 백설 공주, 잠자는 숲속의 공주, 다양한 공주가 되어 본다. 아마도 동화와 애니메이션에 등장하는 공주들이 존재하지 않았다면 글을 깨치는 속도도 늦었을 것이며, 친구들과 노는 재미도 덜 했을 거다. 공주에 대한 집착은 평범한 여자아이라면 성장 과정 중 항상 거쳐야 하는 통과의례 같은 거다.

그러다 나이를 한 해씩 먹으면서 저절로 알게 된다. 만화 영화와 동화 속 공주는 현실엔 존재하지 않는다는 것을. 만일 존재한다 해도 내가 된다는 가능성은 1%도 안 된다는 것을.

하늘 높은 줄 모르고 치솟는 집값, 스트레스를 유발하는 업무와 인간관계로 망가지는 건강, 100세 시대라고 하면 좋기보다 앞서는 노후 걱정까지. 분명 동화에서 봤던 공주들은 이런 현실적인 고민을 하지 않았었다.

길거리에서 엘사나 백설공주 복장을 예쁘게 입은 어린아이들을 보면서 새삼 다시 깨닫는다. 어린 시절 공주가 되어 보는 환상을 가지고 사는 게 어린 꼬마들에게만 주어지는 특권이라는 것을. 그리고 어른들이 '절대적으로 지켜 줘야 하는 특권'이라는 것을. 공주가 되어 보는 환상 속에서 살아 보는 시절은 오롯이 그때뿐이니까.

공주 옷과 상관없어진 지 한참 되었지만, 다행스럽게도 오랜 세월을 견딘 채 굳건히 자리를 지키는 유럽 국가의 성은 어린 시절의 향수를 불러일으킨다. 프랑스에 오기 전부터 사진으로 먼저 접한 쉬농소 성은 사라져 가는 동심을 부활시킨 성이었다. 그토록 머리에서 상상하던 공주 성의 표본이랄까.

난 미술 작품을 사람에 비유해 보는 습관이 있는데 이게 유럽 성 건축에도 적용이 된다. 쉬농소 성은 방문했던 성 중에 가장 여성스럽고 단아한 느낌의 성이었다. 물 위에 떠 있는 것 같은 성의 모습은 인심이 넉넉한 여왕의 모습 같았다. 화려한 보석으로 치장해서가 아닌 담백하고 고전적인 아름다움이 물씬 들었다. 굳이 떠올린다면 모나코 왕비 그레이스 켈리가 생각난다.

쉬농소 성은 진입하는 입구부터 '매력적인 여성'의 요소를 가졌다. 첫인

상부터 댓 번에 자신의 패를 드러내지 않는다. 걷는 보폭에 맞춰 자기 모습을 조금씩 드러낸다. 매표소에서 표를 끊고 작은 다리를 지나면 거대한 가로수길이 런웨이처럼 뻗어 있다. 이 긴 가로수길을 지나가야 한다. 머뭇거림 없이 시원시원하게 쭉쭉 뻗은 가로수는 성으로 향하는 길을 안내한다. 그리고 저 멀리 있는 성은 새침하게 이렇게 말하는 듯했다.

쉬농소 성으로 향하는 길에 있는 가로수길에서

"아름다운 나를 보기 위해서는 이 정도 수고는 해야 하지 않겠니?"

1514년부터 시작되어 1522년에 완공된 쉬농소 성은 고딕과 르네상스 건축 스타일을 모두 가졌다. 뾰족하고 날렵한 느낌과 고풍스럽고 균형 잡힌 풍채가 한 번에 느껴진다. 흰색 외벽에 회색 슬레이트 지붕의 무채색 색감 배합은 아름다운 분위기를 연출하는 데 한몫한다. 중세 시대 건축에서 자주 볼 수 있는 고전적인 원추형 지붕도 참 아름답다.

쉬농소 성은 '여자들의 성'이라는 별명이 따라다닐 정도로 여자들의 역사

쉬농소 성

가 뿌리 깊은 성이다. 무려 일곱 명의 여자가 성의 주인이었고, 주인의 손을 거치는 과정에서 모습을 바꿔왔기 때문이다. 그 중 '사랑과 전쟁'을 떠올리게 만드는 앙리 2세의 부인과 애첩 디안의 관계가 이성에 관한 이야기와 역사를 더욱 흥미롭게 만든다.

16세기 초 중반, 프랑스 국왕이었던 앙리 2세에게는 부인 카테린 드 메디치Catherine de Medici가 있었다. 메디치 가문의 카테린은 16세에 프랑스로 시집을 왔다. 하지만 앙리 2세의 사랑은 그보다 20살이나 많은 애첩, 디안 드 푸아티에Diane de Poitier에게 향해 있었다.

디안은 귀족 출신 여성으로 지성을 갖추고 스포츠를 좋아하던 똑똑한 여성이었다. 앙리 2세가 6살일 때부터 궁의 여관으로 있으면서 둘의 관계는 멘토와 친구 같은 관계를 유지했고 나중에 사랑하는 사이로 발전했다. 디안은 공식적인 여왕은 아니지만 궁정의 실세였기에 왕비 카테린은 투명 인간 취급을 받으며 불행한 나날들을 보냈다. 이에 카테린은 앙리 2세에 대해 이런 말을 남겼다.

"He was the cause of my agony(그는 내 고통의 이유였다)."

삼각관계 중심에 있던 앙리 2세는 통 큰 선물로 아름다운 슈농소 성을 디

카테린의 방. 그림 속 검은 드레스를 입은 여인
이 카테린이다.

안에게 선물한다. 이 사실에 카테린은 분노한다. 하지만 카테린에게도 기회가 찾아온다. 어느 날 앙리 2세가 마상 시합을 하다 낙마하고, 수술 후 얼마 안 있다 1547년에 세상을 떠나고 만다. 카테린은 여왕의 지위와 권력을 다시 찾고 눈엣가시였던 디엔을 쉬농소 성에서 내쫓았다. 그렇게 이 성의 주인이 된 카테린은 디안의 흔적을 지우고 자신의 취향대로 성의 내부와 외관을 개조하고 꾸몄다. 이탈리아 출생이라는 걸 자랑스레 보여 주듯 플레미시 태피스트리와 화려한 르네상스 스타일의 가구들을 들였다.

쉬농소 성의 입구에 들어서면서부터 이 성은 여성의 세심한 손길이 닿아 치밀하게 꾸며진 성이라는 인상을 받았다. 카테린의 방은 화려한 색감으로 수놓은 태피스트리가 벽에 걸려 있고, 값비싸 보이는 월넛 색의 화사한 가구들이 놓여 있었다. 벽난로 테두리엔 모노그램이 화려

디안의 D와 앙리의 H가 섞인 모노그램

하게 패턴으로 장식되었다.

　확연히 지금까지 접해 왔던 궁전들과 달랐다. 여전히 주인이 살아 있다는 느낌이 들 정도로 생생한 현실감을 준다. 이 성을 생동감 있게 숨 쉬게 해 준 것은 섬세하게 배치해 둔 생화들이었다. 시간의 덧없음을 상징하는 꽃이 수백 년 전의 과거가 여전히 살아 숨 쉬게 만드는 역할을 한다는 게 꽤 신기한 경험이었다. 얼굴이 해바라기만치 크고 채도가 밝은 색을 띠는 꽃과 회오리 같은 곡선형의 나뭇가지들이 서로 얽힌 장식들이 많았다. 마치 원래 존재하는 한 개체 식물인 것처럼.

　이 성을 떠났어도 자꾸 떠오르는 강렬한 꽃이 하나 있었다. '아마릴리스'라는 꽃이다. 성의 안방마님 같은 존재감을 내뿜고 있었다. 만개한 꽃의 얼굴이 크고, 색깔도 대범해서 구근식물의 여왕이라 불렸다고 한다. 질투와 복수에 화가 바짝 오른 카테린의 모습과 꼭 닮은 듯하다.

　"여긴 진짜 다른 성들이랑 확실히 뭔가 다르네. 꽃들도 있고, 신경 많이 썼네. 여자들이 가꾼 성답네." 평소 반응이 크지 않은 M도 성 내부의 아름다움에 감탄했다.

아마릴리스꽃

아마릴리스를 비롯한 생화들이 아름답게 빛을 발한 곳은 따로 있었다. 지하층으로 내려가면 부엌과 식사 공간이 나오는데 한 층이 모두 부엌이라 해도 과언이 아닐 정도로 매우 넓었다. 아치형 돔 천장 덕분에 천고가 높아 더 널찍해 보였다. 누구라도 이곳에 발을 들이면, 맛있는 한 끼를 대접받을 수 있을 거 같은 분위기다. 반질반질 광을 내는 누리끼리한 구리 냄비들과 각종류의 옛날 팬들, 제빵 도구들이 머리 위로 진열되어 있다. 식기라기보다 실내장식을 위해 전시한 조각품 같다. 지금도 장작에 불만 지피면 화덕 피자를 구울 수 있을 것 같은 옛 화덕도 그대로 보존되어 있다. 구리와 은은한 오커 색 그리고 따뜻한 조도 덕분에 차분하고 따스한 분위기가 감돈다. 옛날에는 전쟁터처럼 분주했을 부엌이 지금은 은퇴해 한결 여유로운 노인의 모습과 닮아 있다.

지하에 자리 잡은 부엌

남의 부엌을 염탐하는 건 왠지 신이 난다. 공간 양쪽으로 다이닝룸이 두 군데로 나뉘어 있다. 지하에 있는 다이닝룸은 왕이나 왕비의 식사 공간이 아닐 거라 추측된다. '굳이 이런 지하실 같은 부엌까지 지위 높으신 분들이 내려와서 식사할 리가 없지 않을까?' 아마도 성에 상주하는 여관들이나 하인들이 식사했을 거다.

일반적으로 궁에 상주하는 여관들이나 요리사, 푸줏간 같은 고용인들이 식사했던 곳이라고 생각하면 좀 음침하고 초라한 공간이겠다고 생각했었다. 그런데 이 성의 다이닝룸은 전혀 그렇지 않았다. 수프나 스튜를 끓이는 벽난로도 있고, 설치된 주황색 조명은 벽난로의 따뜻한 불꽃 느낌을 더 강렬하게 낸다. 화구에 매달린 커다란 단지는 배부르게 먹을 수 있을 듯한 장면을 상상하게 한다.

역시나 여기도 식물들의 생명력이 가득했다. 마녀의 곱슬머리 같은 나뭇가지들을 엮어 조명 장식을 만들었고 넓은 아치 천장에서 내려오게 설치했다. 테이블 위에는 아마릴리스를 비롯한 붉은 꽃들과 하얀 꽃 화분들, 조화로운 센터 피스가 배치돼 있었다. 비록 차려진 음식은 하나도 없지만, 꽃식물들만으로도 풍성한 만찬 느낌이 났다.

나중에야 알게 된 사실이지만, 쉬농소 성의 소유주는 초콜릿 사업가인 앙리 메니어 Henri Menier 가문이었다. 꽃을 항상 비치해 두는 행위는 슈농소 성에 놀러 온 관광객을 손님이라 여기며 이들의 방문을 환영하는 표현이라고 한다. 특히 크리스마스 시즌에는 석 달의 준비 기간을 두고 특별한 꽃 장식을 한다는 문구를 봤다. 조화가 아닌 생화들을 이렇게 주기적으로 배치한다는 건 결코 간단한 작업이 아닐 텐데 말이다. 수백 년 된 이 아름다운 성에 아직도 누군가가 현존하듯 생동감과 현재성을 느끼게 만드는 손길이 참 감동적이다.

성을 빠져나와 셰르Cher강 위에 떠 있는 우아한 성의 모습을 다시금 감상했다. 1555년 디엔이 강 위로 확장공사를 하면서 현재의 모습을 갖추었다.

"와! 어찌 저리 물에 떠 있는 백조 같은 자태일까? 너무 우아하다."

내 말이 끝나기가 무섭게 갑자기 바람이 세차게 불었다. 질투하는 카테린이 봄바람으로 심술을 부리는지 머리칼을 이리저리 휘저었다.

그러고 보면 남녀의 사랑만큼 진부하고 뻔한 게 있을까? 그만큼 진부하기에 만인의 공감을 자연스럽게 이끌어내는 것일 거다. 막장 드라마의 공식이 쉬농소 성에도 녹아 있는 걸 알게 되면서 이 성이 더 좋아졌다. 어린 시절에 꿈꾸던 공주가 살던 성이라는 이미지에 잔혹한 현실이 한 스푼 들어가 현실적인 드라마가 깃들게 된 성이기 때문이다.

아마 여자들의 사랑. 질투. 욕망이 존재하지 않는 성녀들만 사는 세상이라면, 지금의 쉬농소 성도 없었겠지.

레오나르도 다빈치의 프랑스 집

앙부아즈 성과 클로뤼세 성에 남은 다빈치의 흔적 찾기

앙부아즈

Amboise

앙부아즈는 르네상스 시대의 거장 레오나르도 다빈치가 이곳에 잠들어 있다는 사실을 알고 계획에 넣은 도시였다. 수학에서 구구단, 덧셈과 뺄셈이 기본이듯 미술사에서 다빈치는 반드시 거쳐 가야 하는 위대한 인물이다. 그렇다고 내가 다빈치의 열광적인 팬이었던 건 아니다. 다빈치가 자기 고향인 이탈리아가 아닌 프랑스에 잠들어 있다는 사실과 그가 죽기 전까지 살던 거주지는 어땠을지 흥미를 느껴 가기로 했다.

아침 7시 30분쯤 기상해 동굴처럼 생긴 호텔 식당에서 아침 식사를 했다. 다들 늦잠을 자는지 식당에는 우리뿐이다. 오믈렛, 치즈, 요거트와 과일을 먹었다. 평소 치즈를 즐기지는 않지만, 프랑스는 치즈가 맛있으니 꼭 손이 간다. 쿰쿰한 냄새가 비교적 적은 치즈로 골라 달걀과 먹으면 너무 맛있다. 지금까지 거의 매일 이른 아침에 도시를 옮기던 탓에 항상 호텔 식당에서 아침밥을 먹을 수 없었다. 그래서 이런 기회에는 과일도 꼭 챙겨 먹는다. 홍차도 한 잔 더 하면서 아침의 여유를 잠시 가졌다.

　앙부아즈는 점심 식사 없이 이른 오후까지만 머물다가 다음 도시로 떠날 계획이다. 그래서 오전에 앙부아즈 성Le Château Royal d'Amboise과 다빈치가 살았던 클로뤼세 성Château du Clos Lucé을 둘러보기로 했다. 날씨는 비가 내리려는지 꾸물꾸물해 난 옷을 한 겹 떠 껴입고 우산을 챙겼다.

　앙부아즈 성은 이미 성벽 외관부터 공사를 하고 있었다. 오래된 건축물이라 주기적으로 하자보수가 당연하긴 한데 유독 이번엔 공사하는 건축물들을 많이 마주하는 것 같았다. '내년이 파리 올림픽이라고 전국적으로 하자보수 하나?' 싶은 생각도 든다.

르네상스 시대의 거장 레오나르도 다빈치가 잠들어 있는 묘비는 생위베르 예배당Saint-Hubert Chapel 안에 안치되어 있는데 역시나 예배당도 공사 중이었다. 철근 구조물들이 예배당의 외관을 꼼꼼하게 감싸서 철근들과 공사 천막 외에는 구경도 할 수 없었다.

앙부아즈 성

　웅장한 앙부아즈 성은 고딕양식과 르네상스 양식이 뒤섞여 있다. 거대한 고깔 모양의 타워들이 우뚝 서 있고 앞에는 멋진 조경이 형성되어 있었다. 11세기에 루아르 강을 경비하기 위한 목적으로 성이 지어졌고 르네상스 시대가 도래하면서 15세기와 16세기 사이에 르네상스 스타일로 재건되었다. 지금의 화려하고 기품 있는 모습을 유지하고 있는 건 그 당시 이탈리아 건축 양식을 동경했던 샤를 8세와 프랑수아 1세 덕분이다.

성 내부에는 셀 수 없이 많은 방이 있고 그 안에는 고가구들, 태피스트리와 회화작품들이 자리를 차지하고 있었다. 각종 다양한 양식들이 뒤섞여 있다. 복잡한 프랑스의 역사를 속속히 모르니 방을 둘러봐도 친밀감이 느껴지는 부분이 없었다.

앙부아즈 성 안에 전시된 〈왕 프랑수아 1세의 품에 안겨 생을 마감한 레오나르도 다빈치〉

그러던 와중 프랑수아즈 기욤 메나죠의 〈왕 프랑수아 1세의 품에 안겨 생을 마감한 레오나르도 다빈치〉를 발견했다. 그리고 그 앞엔 다빈치의 흉상이 있었다.

이 작품 속에 등장하는 대부분 사람은 한 인물을 응시하고 있다. 생을 마감하기 전 침대에 누워있는 인물, 레오나르도 다빈치다. 긴 백발 머리와 수염을 가진 다빈치는 몸이 축 늘어져 있다. 왼편에 그의 곁에 서 있는 인물은 국왕 프랑수아 1세이며 그는 눈을 크게 뜨고 다빈치를 쳐다보고 있다. 뭔가 다급하게 하고 싶은 말이 입가에 맺혀 보인다.

다빈치를 프랑스로 불러들인 건 국왕 프랑수아 1세였다. 평소에도 이탈리아 건축 양식과 르네상스 문화를 동경했기에 그는 최고의 예술가였던 레오나르도 다빈치를 프랑스로 초청했다. 왕은 다빈치에게 클로뤼세 성에서 원할 때까지 살 수 있는 권한을 부여했고 다빈치는 생을 마감할 때까지 앙부아즈에서 작업했다.

다빈치가 세상을 떠날 때의 모습은 그림 속 모습과는 달랐다. 다빈치가 왕의 품에 안겨서 죽음을 맞이했다는 이야기는 르네상스 화가이자 저술가인 조르조 바사리Giorgio Vasari의 글에서 시작했다. 바사리는 1550년에 발행한 『뛰어난 화가, 조각가, 건축가들의 생애Lives of the Artists』에 이렇게 저술했다.

"75세 다빈치는 군주의 품에 안겨 사망했다."

이 기록은 마치 전해 내려오는 신화처럼 각색되어, 화가들에게는 흥미로운 그림 소재가 되었다. 그러나 엄밀히 말하면 사실이 아니었다.

실제 다빈치가 죽던 날, 국왕은 다른 지역에서 자신의 둘째 아들의 탄생을 축하 중이었다고 한다. 또한 다빈치가 생을 마감한 나이를 '75세'라고 기록되었지만, 사실은 '67세'였다. 바사리가 남긴 기록엔 역사적 오류가 많다는 건 미술사에서 잘 알려진 공공연한 사실이다. 그러나 그것을 감안할 정도로 다빈치를 신화 같은 존재로 돋보이게 하는 데는 이만한 극적인 소재가 없었으리라. 프랑스 국왕에게 죽는 날까지 존경과 사랑을 받는다는 이미지는 영원히 역사에 남으니까.

본격적으로 다빈치의 흔적을 보러 클로뤼세 성으로 향했다. 매표소 앞에는 현장학습 온 초등학생들로 바글바글했다. 초등학생 무리들과 섞여 관람해야 한다. 아이들이 떠드는 소리에 정신이 혼미했고, 공간은 한정되어 있으니 최대한 이들의 동선과 엇갈려서 다녀야겠다는 생각이 앞섰다. 한국인의 평면적인 외모가 신기한지, 계속 우릴 힐끔힐끔 쳐다보는 꼬맹이들의 시선이 느껴졌다.

프랑스 꼬맹이들은 불어로 쫑알거리며 자기네들끼리 수다를 떤다. 야외견학을 나와서 신이 난 듯 보였다. 어떤 아이들은 선생님이 나눠 준 워크시트를 들고 바닥에 털썩 주저앉아 선생님의 설명을 들으면서 뭔가를 열심히 써 내려갔다. 또 어떤 아이들은 시끄럽게 떠들어 선생님의 훈육을 받고 있다. 질문지에 답을 쓰는 건 일찍 포기한 채 눈을 멀뚱멀뚱 뜨며 공간을 둘러보는 이들도 있었다. "선생님 배고파요." 라며 칭얼대는 아이들이 보였다. 프랑스 아이들도 역시 똑같은 아이들이다.

다빈치가 프랑스로 온 후 67세에 생을 마감할 때까지 이곳 클로뤼세 성에서 작업을 하며 지냈다. 그래서 여기엔 레오나르도 다빈치의 유산과 흔적들이 곳곳에 남아 있다. 다빈치의 침실, 식사 공간, 그림 작업과 과학 기술 연구

레오나르도 다빈치가 살았던 클로뤼세 성

를 했던 작업 공간들을 볼 수 있었는데, 가장 오랜 시간 머물렀던 곳은 단연코 그의 작업실이다.

루브르 미술관에 있는 〈성 안나와 성 모자〉 모작은 다빈치의 이젤 위에 놓여 있고 그 옆쪽 벽 선반에는 질서 없이 아무렇게 꽂힌 붓들과 형형색색의 피그먼트가 담긴 유리병들이 진열되어 있었다. 다빈치가 오랜 시간을 보냈을 책상 위에는 양피지 종이, 무심하게 삐딱하게 꽂혀 있는 초, 필기와 드로잉을 할 때 사용했던 깃털 펜과 잉크들, 돋보기와 제도 자들이 놓여 있었

다. 다채로운 물건들이 전시된 덕분에 다빈치가 오늘까지도 작업을 하다 잠시 외출한 것 같은 현장감이 들었다.

다빈치가 그림을 그리던 작업 공간

다빈치의 말 조각상과 나무 보드에 걸린 스케치들도 놓치지 않고 가까이 다가가서 관찰했다. 인물과 사람의 움직임을 공부하기 위한 여러 자세의 스터디 스케치들이다. 시선을 내려다보는 모습, 주름이 많이 잡힌 옷을 입은 팔과 손의 형태 등 연구한 흔적들도 보인다. 다빈치는 세상에 2,500여 개가 넘는 스케치를 남겼는데, 이것들은 모두 그의 뇌를 외부에 꺼내 놓은 거나 다름없다. 다빈치는 항상 스케치를 숨 쉬듯이 하며 자신이 보고 관찰한 것들, 상상 속에서 설계한 구조들을 모두 주저함 없이 남겼다. 그의 스케치를 보는 것만으로도 다빈치가 이 세상에 존재하는 모든 걸 삼켜 자기 것으로 만들고 싶어 하는 강한 열정이 느껴진다.

마치 '천재'라는 베일은 태어나면서부터 가지고 태어나는 신화적인 요소 같지만, 천재는 지속적인 연습과 반복이 만든다는 걸 다빈치의 흔적을 보며 깨닫는다. 항상 호기심이 가득한 눈으로 세상을 바라본다는 거, 그게 지속적인 배움의 기초인 거 같다.

다빈치의 회화 작업실을 지나면, 다빈치가 비단 화가가 아닌 과학자이자 건축가, 발명가였다는 사실을 다시금 상기시켜 주는 과학 실험 공간이 나온다. 유리 캐비닛에는 다빈치가 즐겨 사용한 나침반, 노트들, 설계도를 그린 스케치, 컴퍼스들이 들어 있다. 다빈치는 무기, 비행기, 다리, 탱크, 잠수함, 1세대 헬리콥터 등 셀 수 없이 분야를 망라한 발명품들을 제작했다. 책상 위에는 건축학도와 물리학자들이 볼법한 이공계 책들이 펼쳐져 있었다.

방 뒤편에 자리한 목조 진열장에는 다빈치가 공부하고 연구했을 실제 해조류, 모래시계, 해시계, 해골과 심지어 타조알도 전시되어 있었다. 어떻게 그저 한낱 인간이 이리 수많은 것에 대한 호기심이 있을 수 있었던 건지. 내겐 의문과 감탄의 연속이다.

레오나르도 다빈치는 미완성 작품들이 어마하게 많은 것으로도 유명하다. 그는 하나에 몰입하는 성향이 아니라, 예술, 과학, 무기, 자연 등 관심 분야가 방대했기 때문에, 미완성이 많은 건 당연한 결과일지도 모른다. 그런 그의 작업실을 둘러보고 있자니 그는 심심할 겨를이 없었겠다. 작업실의 모든 것이 그의 지적, 예술적 욕구들을 채워 주는 것들로 가득한데 인생이 지루할 틈이 있었을까?

요새 유난히도 나의 내면과 머리가 노인같이 딱딱해지는 걸 느꼈다. 한동안 날 즐겁게 했던 것들이 시시해지고 아무리 좋아했던 것도 손 사이로 모래가 빠지듯 열정도 쏙 빠져나갔다. 이전에 좋아했던 걸 지금은 더 이상 찾지 않게 되었다. 그래서 요즘은 이런 생각을 주로 한다. 어제보단 즐거움이 한 눈금 더 채워진 오늘을 만들어야겠다는 생각. '세기의 천재'의 작업실은 그런 내게 영감의 기름을 한 드럼 부었다.

난 둘러보다 의아한 광경을 목격했다.

"이거 진짜야? 모형이야?"

목조 의자 위에 고양이 한 마리가 있었다. 고양이는 눈을 꼭 감고 미동도 없이 새근새근 잠을 자고 있었다. 복부와 등 부분을 보니 아주 미세한 움직임으로 배가 부풀었다 수축했다 반복하고 있었다. 어떻게 수많은 낯선 이들이 지나다니는데 시선조차 의식 안 하고 잘 수 있는지.

견학 온 프랑스 초등학생들이 이 장면을 그냥 넘어갈 리가 없다. 우리 뒤로 학생들 대여섯 명이 우르르 몰려왔다. 한 꼬마는 가지고 온 우산으로 고양이를 슬그머니 찔러보며 "진짜야? 아니야?"라고 말했다. 아이들은 기다 아니다 하며 자기네들끼리 의견이 분분했다. 이들에겐 레오나르도 다빈치의 업적보다 그 고양이가 진짜인지 아닌지가 더 중대한 사안이었다.

우리는 다음 목적지로 향하는 일정이 있었기에 발걸음을 재촉했다.

다빈치 작업실에서 잠을 자는 고양이

인공 빛으로 부활한 채석장

버린 것도 예술적으로 다시 보는 센스

레보드프로방스

Les Baux-de-Provence

차를 타고 짭짤한 감자칩을 와자작 씹어 먹고 있었다. 그러던 와중 몸매가 다 드러나는 타이트한 사이클링 복장을 하고 헬멧과 선글라스를 착용한 남녀가 우리 차를 추월하며 지나갔다. 선글라스가 얼굴을 가렸지만, 희끗희끗한 머리와 얼굴의 주름을 보니 50세가 넘은 중년으로 보였다. 페달을 힘차게 밟으며 가파른 오르막길을 오르는 하체 잔근육들이 도드라졌다.

"오우, 나이도 있어 보이는데 참 잘 달린다! 저 오르막길을 어떻게 오르냐!"

"저 나이에도 저렇게 할 수 있다는 건, 어릴 때부터 계속해 왔다는 거지."

우리는 차를 타고 지나가며 그들의 강철 체력에 감탄했다. 나이에 상관없이 사이클링을 즐기는 사람들, 그리고 도심에서도 조깅을 즐기는 프랑스인들을 보며 이들의 날씬한 몸과 건강을 유지하는 비결을 두 눈으로 확인했다.

프랑스 남부를 차로 다니며 느끼는 건, 정말 산이 많다는 거다. 아름다운 자연 풍광을 만끽하며 즐길 수 있는 고난도 지형이 많아 자전거를 타기에 완벽한 국토다. 우리나라도 70%가 산이라던데, 프랑스 남부도 못지않게 장엄한 흰 돌산 지대가 정말 많았다. 차로 달리며 풍광들을 보니 왜 프랑스엔 목조 건물이 아니라 석조 건물들이 많은지, 막대한 건축 재료들이 다 어디서 온 것인지 단번에 이해가 갔다. 세월이 가도 바래지 않는 단단한 천연 재료가 널려 있으니 당연했다.

'빛의 채석장'을 가기 위해 레보드프로방스를 찾았다. 여긴 내 무의식 속 '언젠가 가야 할 곳'에 항상 매달려 있던 장소다. 이십 대 초반, 내 친구 뽀로리가 한 달간 유럽 여행을 다녀와서 내게 이런 이야기를 해 줬다.

"연재야, 내가 프로방스 지역에 갔었는데 네가 정말 좋아할 만한 데가 있어! 동굴 같은 암석 지대인데 빛으로 쏴서 샤갈 작품들이 음악 소리에 맞춰 벽에 떠다녀. 막 클래식 음악도 나오고, 색들도 현란해. 난 클래식 음악을 좋아해서 음악 감상하는 게 참 좋았어. 넌 미술을 좋아하니 거기 좋아할 거 같아. 내가 무슨 말 하는지 감이 잘 안 오지? 보면 알 거야. 나중에 너도 꼭 가봐."

지금으로부터 15년 전엔 몰입형 미디어 전시에 대한 개념이 매우 생소했던 시기여서 친구의 말은 마치 신비스러운 SF영화 속 세상 같았다. '레보드프로방스'라는 도시 이름도 생소해서 듣고 금방 잊었지만, 그런 장소가 있다는 사실은 내 무의식 한쪽 구석에 남아 있었나 보다.

한동안 잊고 살다 프로방스 지방의 갈 곳을 찾던 중 "빛", "명화와 음악", "채석장"이라는 키워드를 발견하고 엄청난 속도로 무의식에 잠들었던 기억이 수면 위로 떠올랐다.

'아! 여기가 뽀로리가 말했던 그곳이구나!'

레보드프로방스에서 내려다본 돌산 전경

레보드프로방스는 절벽 도시다. 불어 '레보Les Baux'는 '절벽'을 뜻한다. 중세부터 함부로 올라갈 수 없을 정도로 높은 지대에 흔적만 간간이 남아 있는 보 성채와 마을이 여전히 보존되고 있었다. 문명의 끝을 달리는 시대에 현대인들이 여전히 이 마을에 산다는 게 신기할 정도로 접근성도 쉽지 않고 편의시설이 존재하지 않는 마을이다.

외부인이라면 일부러 찾지도, 그 존재조차 알지도 못했을 산기슭 마을. 이곳에 나를 포함한 많은 외부인을 자석처럼 끌어당기는 건 단연코 '빛의 채석장'이다. 빛의 채석장은 요즘 흔히 볼 수 있는 몰입형 미디어 전시처럼 인공 빛으로 작품 이미지를 벽면에 쏘며 움직이는 작품들을 감상하는 미술 전시장이다. 몰입형 미디어 전시의 시초라 할 수 있는 곳이다.

높은 돌산 지대이다 보니 바닥엔 고운 돌가루와 흙들이 뒤섞인 모래바람이 일었다. 먼지와 모래바람을 피하고자 난 재빠르게 돌산 속으로 쏙 들어갔다. 매표소에서 표 석 장을 구매하고 입장 차례가 오기만을 기다렸다. 오늘은 렘브란트, 베르미르, 반 고흐, 몬드리안 등 서양화가들의 작품들이 순차적으로 재생되는 프로그램이다.

우리 차례가 다가왔고 난 전시장 문을 열었다. 채석장 안으로 발을 내딛자, 부기우기 재즈 음악이 흘러나오고 있었고, 서늘하고 시원한 공기가 맴돌았다. 눈앞엔 20세기 근대 미술의 단순함과 우아함을 보여 주는 피에트 몬드리안의 신조형주의 회화가 날아다녔다. 몬드리안의 후기 작품 중 하나였던 〈브로드웨이 부기우기〉 속 빨간색, 파란색, 흰색, 검은색, 노란색 사각형들이 사각 틀 구도에서 뛰쳐나와 자유자재로 나타났다 사라졌다 반복한다.

원작이 아니라면 '이런 전시야 뻔하지, 뭐.'하며 감흥을 느끼지 못하곤 했다. 그런데 '빛의 시어터 전시'의 원조 격인 채석장 안에서 전시를 보니 감회가 새로웠다. 영상이나 쨍쨍하게 모든 공간을 메꾸는 음악도 좋았지만, 그보다 밋밋하고 깨끗한 미술 전시장이 아니라, 자연의 날 것을 그대로 살린 채석장 갤러리라는 점이 더 새롭게 다가왔다. 예술과 자연의 조합으로 버려진 공간이 이렇게 멋지게 부활할 수 있다니. 너무나 대단하지 않은가!

"참, 어떻게 이런 곳에 미술 전시를 만들 생각을 하지? 정말 대단하네."

"그지? 정말 프랑스의 이 예술성이 징글징글하다."

난 또다시 프랑스의 예술에 대한 열정과 영리한 응용력에 혀를 내둘렀다.

빛의 채석장 내부

레보드프로방스 빛의 채석장은 이름 그대로 폐광된 채석장에서 역사가 시작되었다. 이 지역 돌산의 독특한 흰 돌덩어리들은 모래 위에 압축된 탄산칼슘을 주성분으로 하는 퇴적암, 라임스톤이다. 1차 세계대전 이전까지는 라임스톤이 필수 건축 자재로 주목받았다. 레보 마을과 그 옆에 있는 퐁비에유 Fontvieille라는 마을에는 이 돌산이 산재해 있었기 때문에 손쉽게 채석할 수 있었고 덩달아 경제적으로 최대 수해를 입었다. 그러나 1차 세계대전 이후 철제와 콘크리트가 새로운 건축자재로 급부상하며 라임스톤의 수요가 자연스레 줄었다. 결국 채석장은 폐광되고 사람들의 발걸음도 끊겼다.

그러나 예술가들의 비상한 눈은 이 장소를 그냥 지나치지 않았다. 1959년 예술가 장 콕토는 폐광된 채석장에서 영화 '오르페의 유언'을 촬영했다. 이 장소야말로 '시공간을 초월하는 느낌을 표현할 수 있는 완벽한 공간'이라고 감탄하면서 말이다. 그 이후부터 버려진 채석장은 예술가들에게 빛과 소리 등을 실험할 수 있는 촬영지로 입소문이 났다. 그리고 2012년에 빛, 예술작품, 장엄한 음악을 한데 펼쳐 보이는 '빛의 채석장'이라는 전시장이 공식적으로 오픈했다.

채석장 구석 한편에 서 있어도 백여 개의 프로젝터가 쏘는 명화 이미지들과 쩌렁쩌렁하게 울려 퍼지는 클래식 음악의 앙상블은 피할 길이 없다. 빈 공간 없이 얼마나 촘촘하게 프로젝터를 설치했는지 체감이 되었다. 공간을 깊이 걸어 들어갈수록 내가 마치 어둠과 그림 속에서 음악에 맞춰 허우적거리는 이상한 나라의 앨리스가 된 기분이 들었다. 순간 여행 동지들을 잃을까 봐 말했다.

내부 조명을 켜자 드러난 채석장의 민낯

"우리 너무 떨어져서 있지는 말자! 너무 넓어서 잃어버리면 서로 못 찾아. 해외 미아 되면 안 되니."

채석장 면적이 7,000㎡나 되고 산기슭이라 휴대전화도 잘 터지지 않으니 우린 서로의 시선 안에 있을 수 있는 곳에서 전시를 즐기기로 했다.

15분 후, 부기우기 재즈 음악과 모든 프로젝터의 전원이 꺼졌고 연이어 조명이 환하게 켜졌다. 명화의 옷을 입고 있던 채석장의 차가운 민낯이 드러났다. 채굴하고 더 이상 사용되지 않는 돌들이 테트리스처럼 차곡차곡 쌓여 있었다. 돌은 가로 1m가 훌쩍 넘었고 기다란 형태다. 마치 이글루의 얼음 블록 같았다. 해양생물의 화석도 발견되었던 돌이라 하니, 아마 이 돌들은 신석기 시대부터 존재했을 거다. 셀 수 없는 기나긴 세월을 견디며 이 자리를 고고하게 지키고 있는 묵직한 돌덩이들에 난 압도되었다.

부활한 채석장 공간에 서 있으면서 다시 한번 예술의 가치와 쓸모를 고찰하게 되었다. 프랑스 산골 마을에 나 같은 이방인들을 모으는 동력이 예술의 힘이 아니고서 어떤 걸로 설명이 될까? 시대에 어울리는 예술의 유용성과 로컬 관광 수입까지, 시대를 앞선 안목으로 두 마리 토끼를 잡은 이들의 실행력에 찬사를 보낸다.

다시 조명이 꺼지고 빈센트 반 고흐의 테마가 시작되었다. 반 고흐의 아이리스꽃 그림들이 나의 얼굴을 웅장한 음악에 맞춰 사정없이 때렸다. 그 꽃들은 사방에서 피어나 춤을 추듯 휘적거린다. 이어서 〈까마귀가 나는 밀밭〉, 〈해바라기〉, 〈아이리스〉, 고흐의 여러 자화상 이미지가 흘러나왔다.
내 몸을 감싸는 화사한 이미지들과 웅장한 클래식 노래 덕분에 고흐의 발자취를 따라갔던 오베르쉬아즈, 아를, 생레미드프로방스가 떠올랐다.
여기, '부활한 채석장' 안에서 난 반 고흐를 다시금 만났다.

빈센트 반 고흐의 작품이 흘러나오는 채석장의 모습

빛의 채석장 근처에서 눈과 입을 즐겁게 하는 방법

1. 레보 성으로 올라가서 남은 유적들을 보고 멋진 자연경관을 볼 것! 가슴이 뻥
   뚫릴만한 풍광이다.
2. 돌산의 전경이 멋진 카페에서 커피 한 잔과 크레프를 먹으면서 잠시 쉬다 가면
   좋은 휴식의 시간이 될 거다.
3. 길가에 누가Nougats를 파는 아저씨를 발견하면 한번 맛보기! 누가는 견과류가
   섞인 프랑스 간식인데 달지 않고 맛있다.

뜻밖의 편지

4월 1일의 유치한 장난

4월 2일.

툴루즈^{Toulouse}에서 하룻밤을 자고 카르카손^{Carcassonne}으로 가기 위해 아침 일찍 주차장으로 향했다. 주차장을 가려면 툴루즈 광장을 가로질러야 한다. 비몽사몽 잠이 덜 깬 채 묵직한 짐가방을 질질 끌며 걸었다. 어젯밤 시끄러운 사람들로 가득했던 툴루즈 광장은 파티가 끝난 무대처럼 조용했다.

위엄 있게 서 있는 붉은 벽돌의 툴루즈 시청 외관을 다시 한번 쳐다봤다. 시청 내부에 벽화가 그렇게 멋있다고 하던데, 일정상 보지 못했다. 어제 늦은 오후에 도착하고 이른 아침 떠나는 일정이니 보지 못한 아쉬움을 뒤로 할 수밖에 없었다.

차 트렁크 문을 열기 위해 M이 차 뒤편으로 먼저 갔다. 그러더니 뭔가를 발견하고 소리쳤다.

"어! 이게 뭐야?"

그 소리에 나도 흠칫 놀랐다. 누군가의 놀라는 소리에 깜짝깜짝 놀라는 편인데, 낯선 여행지에서 당황하는 소리는 공포스럽기까지 하다. M은 차 뒷유리창에 붙어 있던 종이를 떼어 내더니 뒷자리에 탔다. 나도 궁금하여 얼른 차에 올라탔다.

떼어 낸 종이를 내게 건네며 M이 물었다.

"이게 뭐지? 이런 게 붙어 있었어. 뭐라고 쓰여 있긴 한데……. 뭔 뜻인지 알아?"

난 그 종이를 건네받았다. '혹시 교통 법규 위반 딱지가 아닐까?'라는 추측이 머리를 스쳤다. 아니다, 교통 위반 딱지는 벌써 이렇게 바로 끊을 리가 없지 않은가.

눈을 크게 뜨고 보니, 인쇄된 글씨가 아니라 대문자 정자로 쓴 큼지막한 손 글씨였다. 누군가 클리어 파일에 젖지 않게 넣어 마스킹 테이프로 부착했다. 단번에 무슨 뜻인지 모르지만, 대번에 장난의 느낌이 솔솔 났다.

우리를 놀라게 했던 쪽지

짧은 불어로 아는 단어들을 띄엄띄엄 해석했다.

Klaxonnez(의미 모름),

Moi(나를),

SVP(영어로 'please'와 비슷한 의미),

1ᵉʳ Avril(4월 1일)

결정적으로 맨 앞 동사 단어 'Klaxonnez'의 뜻을 모르니 무엇을 부탁한다는 것인지 해석이 불가했다. 바로 휴대폰 사전을 열어 찾아봤다. 'Klaxonnez'의 의미는 "경적을 울려 줘!"라는 의미였다. 고속도로를 달리는 뒤차들에게 "내게 경적을 울려줘!"라는 메시지를 전하는 쪽지였다. 마치 초등학교 시절에 '바보', '멍청이'라고 포스트잇에 써서 앞자리에 앉은 친구 등짝에 몰래 붙이는 아주 유치한 장난 같은 거다.

제일 하단에는 아주 작은 글씨로 'Zou Pette Antho♡'라고 쓰여 있었다.

그제야 우리 셋은 깨달았다. 어제 4월 1일이 만우절이었다는 사실을.

일정에 따라 움직이며 매일 새로운 세상을 만나는 즐거움과 고단함의 연속이었던 터라 어제가 만우절이란 사실을 새까맣게 잊고 있었다. 여행길에 이런 깜찍한 만우절 장난을 당할 줄이야!

근데, 우리 이거 언제, 어디서부터 붙이고 다닌 거지?

보고, 또 보고 싶은
지중해의 푸른 낭만

향수의 도시는 지갑을 열게 하지

공짜에 속지 말 것

그라스
Grasse

4월 7일. 오늘이 서울 집의 아늑한 침대에서 잠을 못 잔지 꼬박 한 달째다. 프랑스 오기 전부터 이미 체코에서 몸살이 났고 그 이후 체력은 더 바닥을 쳤다. 결국 몸에 남아 있던 염증은 신경성 방광염으로 번져 버렸다. 우선 민간요법으로 방광염에 좋다는 크랜베리 주스를 구매해 텀블러에 넣고 쉴 새 없이 마시면서 다녔다. 마침 어젯밤 주스가 똑 떨어졌다.

이른 아침 라즈베리 주스를 더 구매하기 위해 Y가 호텔 체크아웃을 하는 동안 호텔 맞은편에 있는 동네 슈퍼마켓으로 달려갔다. 동네 작은 슈퍼였지만 다행히 크랜베리 주스를 판매하고 있었다. 양손에 2L 주스 병을 들고 돌아오니 Y는 피식 웃는다.

"주스를 뭘 이렇게 많이 샀어? 중간중간에 사 먹지."

"휴게소에는 안 팔아. 보일 때 쟁여 놔야 해!"

주스 병을 열어 텀블러에 흘리지 않게 조심스레 따랐다. 붉은 크랜베리 주스를 한 모금 마시니 코가 찡긋해질 정도로 시큼해 멍한 정신도 벌떡 깼다.

향수의 도시, 그라스로 향했다. 향수로 유명한 도시라는 것 자체만으로도 왠지 설렌다. 향수 애호가는 아니나 향의 애호가다. 마음의 환기가 필요하다 느껴질 때, 향은 그 어떤 것보다 매우 빠르고 간단하게 내면에 변화를 준다. 그래서 요즘 내가 즐기는 방법은 차를 마시는 시간을 짧게라도 의무적으로 갖는 거다. 그게 가향티여도 좋고 허브티도 좋다. 향긋한 가향티나 허브티를 마시면 향기로운 꽃과 자연의 향을 입에 머금은 기분이 든다.

그라스로 향하는 경사진 도로를 따라 올라갔다. 산 위에 지어진 마을이니 빙글빙글 올라가는 길 때문에 현기증이 났다. 눈이 오지 않는 지역이니 이렇게 돌산 위에 마을을 짓고 사는 게 가능하리라. 다시 봐도 이런 높은 산에 자재를 이고 나르고, 집을 짓고, 삶의 터전을 만들어 살아간다는 건 무모하면서도 대단하다는 생각이 든다.

우리의 목적지인 프라고나르 향수 박물관의 간판들도 200m에 한 번씩 나타났다. 미술을 좋아한다면 낯설지 않은 이름, 프라고나르. 18세기 프랑스 로코코 시대를 대표하는 아티스트 장-오노레 프라고나르Jean-Honoré Fragonard의 이름에서 따온 거다. 프라고나르 향수의 창업자 유진 푸쉬Eugène Fuchs는 자기 사업체의 이름을 뭐로 할지 고민하다가 그라스 출생 중 가장 유명한 인물에게 찬사를 바치자는 의미로 장 오노레 프라고나르의 이름을 붙였다. 또한 18세기 프랑스 예술의 치밀하고 세련된 미가 자신의 향수에도 깃들기를 바라는 마음도 있었다.

　유진 푸쉬의 마케팅 전략은 남달랐다. 향수 판매를 관광산업과 연관 지었다. 그라스를 비롯한 프로방스 지방을 찾은 관광객들에게 중간 유통이나 마케팅에 드는 중간이윤 없이 향수를 판매했다. 그라스의 향과 역사의 전통성을 향으로 선물하고 싶었던 마음이 깃들어 있다. 1926년에 향수공장을 개장했고, 공장 건물 한 곳을 관광객들에게 브랜드의 가치와 향수 제작 과정을 체험해 볼 수 있는 박물관으로 개조했다.

　프라고나르 향수 박물관은 산꼭대기 전망 좋은 곳에 있다. 외관부터 싱그러웠다. 붉은 테라코타 지붕 아래 모든 외벽이 레몬처럼 밝은 노란색으로 칠해져 있고, 창틀은 흰색으로 칠해져 있다. 벽면엔 프라고나르의 대표 향 중 하나인 수선화꽃 현수막이 붙어 있다.

프레고나르 향수 박물관

　두근거리는 마음으로 향수 박물관 입구로 들어갔다. 다홍색 붉은 벽에 초상화와 사진들이 걸려 있었다. 삼대를 걸쳐 이 사업을 계승하며 가문의 역사와 전통을 지키고 있는 프라고나르 향수 가문 창립자와 후손들의 얼굴이다. 난 조용한 인상의 안내원에게 다가가 입장권이 얼만지 물었다.

"저, 성인 3명이요. 입장권 여기서 구매하면 되나요?"

"무료 관람이니 그냥 입장하세요."

세상에! 프랑스에 공짜도 있다니. 뭔가 찝찝했지만, 공짜라니 좋았다.

박물관 내부는 무료 관람치고는 알차게 구성되어 있었다. 평소에는 보기 힘든 향수 제조 기구, 장비들이 진열되어 있었다. 향을 가두는 매끈한 곡선의 유리 플라스크, 증류 작업 장갑, 레시피 노트, 천연 향을 추출하는 스토브까지. 그리고 18세기에 섬세한 수작업으로 만든 향수 보관함과 보관 통들도 있었다.

베르가못으로 만든 로코코풍의 보관함

그중, 가장 기억에 남는 것은 베르가못 보관함이다. 화사한 로코코풍 회화 같은 싱그러운 꽃, 과일, 아기 천사, 풍경화, 정원, 장식패턴이 수작업으로 그려져 있다. 언뜻 보면 도자기나 나무로 만든 함처럼 생겼지만, 놀랍게도 모두 과일 베르가못 겉껍질로 만들어졌다. 그라스 장인들은 리젠시 스타일에서 아이디어를 얻어 과일 베르가못의 겉껍질을 가공하여 작은 보관함을 만들었다. 베르가못 껍질의 수분이 빠지고 굳으면 단단해진다. 겉면에 코팅제를 덧발라 그 위에 장식 그림을 그려 넣고 베니싱 작업을 했다. 여성들은 향수, 사탕, 보석, 화장품, 담배, 기념품들을 보관하는 함으로 사용했다. 유리 향수 보관함에 비하면 다소 화려함은 덜하고 세월에 바란 흔적들이 강하고 누리끼리하다. 그래서 더 고풍스러운 아름다움이 배가 된다.

"베르가못을 하다 하다못해 이런 용도로도 사용했었어? 참, 이 사람들 대단하네."

베르가못은 베이킹, 티 블렌딩, 음식, 향수, 아로마 오일 등 우리가 사용하는 수많은 제품에 들어간다. 평범한 과일 껍질을 이렇게 예술적으로 재활용하다니. 장식에 일가견이 있는 이들의 지혜와 손기술에 감탄했다.

프랑스인들의 지혜와 손재주는 부러울 따름이다. 여행하다 보면 타국의 선조들이 남긴 업적이 이렇게 부러움을 느끼게 하는 경우들이 종종 있다. 특히 프랑스는 더더욱 그랬다. 한국 문화에서는 과하게 화려하거나 치밀한 섬세함이 주는 감동이 상대적으로 덜하다. 한옥, 고려청자, 달항아리 같은 문화유산들을 보고 있으면, 색이나 형태에 있어서 화려함보다는 절제된 미, 균형감, 단순한 아름다움이 더 두드러진다. 또한 이것들을 만드는데 요구되는 극도의 신중함과 섬세함은 과정에 녹아 있지, 완성된 모습에서 표면적으로 드러내지 않는다. 그래서 "오래 보아야 예쁘다."라는 말처럼 단번에 느껴지는 충격은 덜 하다.

하지만 프랑스를 비롯한 서양 국가에서는 과감하고 강렬한 색감, 극도로 섬세하고 정교한 패턴들을 참 많이 창조한다. 종교가 우세했던 시기에 만들어진 건축물, 장식품들을 보면 '어떻게 사람이 저렇게까지 할 수 있지?'라는 의문과 호기심을 항상 품게 만든다. 문화의 정체성이 뚜렷하니, 한번 보면 잔상에 오래 남는다.

화려하고 섬세한 향수병

파리의 장식미술관 못지않게 대충 진열한 것이 하나도 없었다. 화려한 로코코 장식의 정수를 응축해서 보여 준다. 매혹적인 향수병들과 장식품들을 뒤로하고 향수공장 투어를 위해 지하로 내려갔다. 향수 제작을 보여 주는 투어 역시 무료다.

그라스는 향수의 향을 위한 본질인 천연 식물 재배지로 유명하다. 프랑스의 비옥한 땅과 지중해의 따뜻한 기후는 달콤한 향이 나는 꽃들을 재배할 수 있는 최적의 환경으로 만들어 준다. 내 화장대 한쪽에 있는 향수 샤넬 '넘버 5'도 그라스에서 재배하는 재스민 꽃으로 만들어진다고 한다.

수선화의 천연향을 추출해서 비누로 제작하는 과정을 보여 주는 단편 영상이 반복 재생되고 있었다. '눈처럼 하얗게 소복이 쌓인 게 뭐지?' 자세히 보니,

수선화의 흰 꽃잎들이 한 무더기 쌓인 모습이다. 그리고 그 뒤에 쓰인 문장.

2kg의 콘크리트[7]를 얻기 위해 1,000kg의 수선화 꽃잎이 필요하다.

엄청난 충격이었다. 프랑스가 전 세계에서 향수 제작 및 수출 1위 국가라는 사실, 시중에 판매되는 수천만 가지의 향수들과 손으로 꼽아도 모자란 유명 향수 브랜드의 가짓수 등등을 떠올려 봤다. 이 모든 것을 충족하기 위해 대체 얼마나 많은 꽃을 재배해야 하고, 얼마나 넓은 토양이 있어야 하는 건가? 내 머리로는 가늠조차 안 된다. 여하튼 향을 가득 품은 꽃도 잘 자라니, 프랑스는 엄청나게 축복받은 땅인 것은 분명했다.

향수 제작 투어

---

7) 향수를 만드는 용매 추출법 과정에서 오일을 추출 후 용매가 제거된 반고형 물질을 '콘크리트'라고 한다. 식물의 천연 왁스로 여겨지며 고체 형상이다.

프라고나르 향수 투어는 향수 가이드의 간략한 설명과 함께 향수병 패키지 포장 단계부터 시작했다. 이어서 향을 제조하고 깔때기에 증류하는 방, 꽃잎 추출하는 방, 비누를 제작하는 방까지 순서대로 진행되었다. 실질적으로 제조하고 가공하는 모습은 없다 보니 진열된 기구들을 관람하고 가이드의 설명을 통해 아주 얕게 알아갔다. 난 태어나서 다 처음 보는 것들이라 모든 것이 마냥 신기했다. 그러나 향수 제조를 시연하는 알짜배기 제작 과정이 쏙 빠져 있기 때문인지 피상적인 부분들만 보여 주는 게 내심 아쉬웠다.

"뭔가 좀 아쉽네. 진짜 향수 만드는 과정이 궁금한 거였는데……."

"하하하, 야 당연하지. 제작 방법을 노출한다는 건 기업 기밀 발설이나 다름없지. 그걸 다 보여 주면, 얘네는 뭐 먹고 살아?"

너무나 당연한 M의 대답에 웃음이 났다.

투어 막바지에 이르자 투어 가이드는 사람들에게 질문을 던졌다.

"Nose가 무슨 뜻인지 아시는 분 계시나요?"

그중 한 남자가 답했다.

"향을 제조하는 사람이요."

'코'라는 의미인 'Nose'는 조향 업계에선 조향사를 뜻한다. 가이드의 설명에 따르면 전 세계에 노즈Nose는 50명 정도밖에 안 된다고 한다. 이 직함을 달기 위해선 거의 10년 이상 향수에 대한 지식을 배우고 수련하며 4,000여 개의 향들을 블라인드 테스트로 감별할 수 있는 자격이 갖춰져야 가능하다고 한다.

"자! 그럼, 설명은 끝이 났고요, 여기 모인 여러분들의 후각이 얼마나 예민한지, '노즈'가 될 수 있는 자격이 갖춰진 분이 계시는지 시험을 해 보겠습니다. 이쪽으로 따라오시죠!"

가이드는 우리들을 마지막 종착지인 향수 기념품 숍으로 인솔했다. 가이드는 시향지에 프라고나르의 가장 대표적인 여성 향수 두 가지와 남자 향수 한 가지를 뿌리고선 관람객들에게 나눠 줬다.

"제가 나눠 드린 테스트지 향을 맡고 어떤 천연 원재료가 들어 있는지 감별해 보세요!" 여기저기 사람들이 외쳤다. "오렌지요!", "머스크요!"

그러나 난 그 향을 분석하고 맞추는 데는 관심이 없었다. 왜냐하면 내가 지금 서 있는 곳, 바로 여기가 이 향수 박물관의 종착지 향수 가게 아닌가! 드디어 무료 전시와 무료 박물관 투어의 진짜 속내가 마지막에서 드러나는 것이다. 나를 포함한 몇몇 사람들은 이미 하나둘씩 그룹에서 이탈해 쇼핑할 시동을 부릉부릉 걸었다.

형형색색의 패턴과 색감으로 포장된 프라고나르 비누, 향수, 핸드크림, 바디크림, 아로마 오일 제품들은 관광객들의 지갑을 털기에 충분했다. 난 선물용 비누, 핸드크림 몇 개를 담고 나를 위한 작은 선물로 향수를 집었다. '벨드뉘Belle de Nuit,' '밤의 미녀'라는 뜻이다.

비누, 로션, 향수를 판매하는 프레고나르 향수 박물관 기념품 숍

벨드뉘는 은은한 플로랄 계열에 과일 향 그리고 머스크 향이 특징이다. 달콤함과 묵직한 향이 동시에 나는 오묘한 향이 나의 후각을 단번에 사로잡았다. 시중에서 흔히 보는 고급스러운 유리병에 든 게 아니라 내 엄지손가락 길이만 한 15ml 틴 케이스에 들어 있다. 아직 남은 여행길에 무게 부담도 없고 단기간에 부담 없이 쓸 수 있는 완벽한 양이다.

장바구니에 넣어 둔 상품들을 계산하고 영수증을 보고선 박장대소했다.

"이래서 투어랑 박물관이 공짜일 수밖에 없구먼? 여기서 지갑 안 열고 나가는 사람이 없다는 걸 애네가 너무 잘 아네. 기가 막히게 똑똑한 놈들."

구매한 향수와 화장품값이 웬만한 박물관 입장권 가격의 서너 배가 훌쩍 넘었다. 향은 사람의 마음을 사로잡는 고수인데, 이걸 뿌리칠 수 있는 사람이 과연 얼마나 될까?

'역시, 세상에 공짜는 없지….'

난 다시 한번 세상의 이치를 깨닫는다.

향기로운 그라스에 간다면

1. 그라스는 정신 못 차리면 지갑이 그냥 헤벌레 열리는 도시다. 향수와 화장품 상
   점이 많고, 예쁜 인테리어 소품 상점들도 많다. 지갑 간수 잘하시길!
2. 프레고나르 향수 박물관 외에도 다양한 브랜드의 파퓨머리, 박물관과 미술관
   도 있다. 직접 나만의 향수를 만들어 보는 클래스도 있으니 미리 예약해서 직
   접 조향해 보는 경험을 해 봐도 좋다.

핑크색 물을 품은 성곽 도시

시간이 멈춰있는 마을

|

에그모흑뜨
Aigues-Mortes

4월 3일.

오늘은 에그모흑뜨로 향하는 날이다. 이름도 생소한 이 도시는 프랑스 왕국이 지중해에 건설한 최초 항구도시다. 중세 시대에 십자군 원정의 출발지로도 알려져 있다. 도시 이름은 라틴어 'Aquae Mortuae'에서 유래하고 '죽은 물'이라는 의미가 있다. 습지와 연못이 밀집된 지역이라 흐르지 않고 고여 있는 물 때문에 생겨난 이름이다.

에그모흑뜨 요새 앞에 주차하자마자 세찬 바람이 어디선가 불어왔다. 하필 주차장 바닥엔 모래가 깔려 있어 봄바람에 모래 먼지들이 흩날렸다. 난 차 문을 열자마자 최대한 작게 실눈을 뜨고 최대한 선글라스를 볼에 밀착시켰다. 성곽 안으로 들어가면 바람을 막아줄 테니 성곽 안에 들어갈 때까지만 장님처럼 눈을 감고 걸어갔다.

에그모흐뜨 성곽은 13세기에 완공되었다. 세월을 비껴갔는지 여전히 굳건한 자태를 자랑한다. 두꺼운 성벽의 보존 상태도 좋다. 40명 이상의 사람들이 손을 잡고 빙 둘러야 가능할 듯 타워는 굵직하고 튼튼해 보였다. 몇몇 사람들은 이미 성곽 위를 걸어 다니며 독수리처럼 마을을 위에서 바라보고 있었다.

성곽 안은 영화 세트장으로 지어진 것 같다. 모든 게 다 작지만 없을 거 빼고 다 있다. 지나가는 사람들을 유혹하는 알록달록한 사탕과 디저트 가게도 보이고 어딜 가나 있는 아이스크림 가게와 식당들, 약국도 보였다. 널찍한 광장도 있다. 영화관의 규모는 내가 어린 시절 참새 방앗간처럼 들렸던 DVD, 만화 책방을 떠올릴 만큼 정말 아담하다.

몇몇 카페와 옷 가게들은 문이 닫혀 깜깜하다. 한적하다 못해 '이곳 경제가 돌아가긴 하나?'라는 생각이 들 정도였다. 여기에서 산다면 뭔가 필요할 때 가게 주인의 사적인 개인 일정에 맞춰야 할 것 같은 불편함이 상상된다. "내일 별일 없이 가게 문 여시죠? 줄자랑 공구 몇 가지들이 필요한데, 내일 오후 2시쯤 가게 들를게요."라고 주인에게 미리 귀띔해야 할 것처럼.

그런데도 그 불편함에 대적할 수 있는 뭔가가 이들의 삶에 있겠지?

처음 입장했던 정문에서부터 이리저리 배회한 끝에 다른 성곽 출입구에 다다랐다. 이 출입구는 남쪽으로 향하는 문이었다. 그 문을 통해 나가자, 생각지도 못한 풍광이 펼쳐졌다. 광활한 초록색 대지, 청명한 푸른 하늘에 징검다리처럼 떠다니는 구름, 녹지 너머에 있는 습지대. 그리고 저 멀리 너머에는 바다가 넘실거린다. 이 성곽 내부는 확실하게 마을이지만, 성곽을 벗어난 바깥세상은 완연한 자연이다.

성곽에서 한 50걸음 떨어져 걸어 나와 뒤를 돌아보니 얼마나 큰 성곽 도시인지 가늠할 수 있었다. 아까 처음에 들어왔던 입구에 있었을 때와 마을 안을 둘러볼 때는 그렇게 크다고 생각되지 않았는데, 여기서는 엄청나게 긴 성곽의 자태가 한눈에 들어왔다. 동서남북을 에워싼 성곽의 길이는 약 1,640m라고 한다. 위로 긴 고층 건물 대신 가로로 긴 성곽을 보니 맑은 파란 하늘이 훨씬 더 넓어 보인다. 하늘을 지배하려 하지 않고 대지와 가까이 밀착된 거대한 건축물을 보니 내 마음도 균형을 이루는 듯하다.

다시 몸을 돌려 성곽 앞쪽에 있는 자연 풍광 쪽으로 향했다. 습지는 전혀 냄새도 나지 않고 운치 있었다. 가지런히 서서 바람에 따라 낭창거리며 춤을 추는 수풀마저 우아해 보였다.

"이야 저것 봐. 보이네! 저 물색 좀 봐봐."

M의 격양된 목소리에 무성한 수풀 너머에 있는 풍경을 바라봤다. 연한 파스텔 핑크색을 띄는 호수가 보였다.

"오 신기하다. 저게 호수인지 습지인지는 모르겠지만, 저게 분홍빛 물이구나!"

"진짜 듣던 대로 분홍색이네. 근데 너무 연해서 잘 안 보여."

"이것 봐. 사진으로 찍으면 분홍색이 더 잘 보여."

물색은 햇살의 강도에 따라 연보라색과 분홍색을 왔다 갔다 했다. M의 말대로 맨눈으로 보는 것보다 사진으로 찍으니 조금 더 핑크빛이 감돌았다.

'죽은 물'이라는 게 연상이 되지 않을 정도로 분홍빛 물은 신비로웠다. 이런 독특한 분홍색을 내는 건 염분이 있는 바닷물에서 서식이 가능한 두난리엘라 살리나 해조류 때문이라고 한다. 플라밍고가 예쁜 분홍색 털을 가진 이유도 이들이 식용하는 먹이 때문이다. 브라인 슈림프가 분홍색 해조류를 먹고, 플라밍고는 브라인 슈림프를 주식으로 먹는다. 이 때문에 카로티노이드 작용이 일어나 플라밍고의 깃털이 아름다운 분홍빛으로 물이 드는 것이다. 귤을 너무 많이 먹으면 손발이 노랗게 변하는 이치와 같은 건가 보다.

에그모흑뜨 성곽

시간이 흐르면서 해조류들이 물에 계속 퇴적되고 자연광에 반사되면서 물은 분홍색으로 반사된다. 생경한 풍광 너머에는 후지산 같은 모습의 소금 산이 보였다. 그 모습을 보니 해야 할 일이 생각났다.

 ＊ 삼겹살 찍어 먹을 까마흐그 소금 사기.

멀리서 보이는 분홍색 호수

여건이 된다면 분홍색 호수를 더 근접한 거리에서 보고 싶었다. 어떤 외국인 블로거가 "에그모흑뜨 핑크 호수를 보기 위한 완벽한 장소"라며 올려 놓은 피드를 본 적이 있었다. 그 블로거는 분홍색이 잘 발현되는 장소들과 시간대까지 선정해서 정보들을 올렸다. 아마 이 여행자는 자전거를 타고 다녔던 것 같다.

그러나 그런 로망을 실현하기엔 현실적인 제한들이 가득했다. 시간도 모자란 데다 상점처럼 간판이 있거나 GPS로 명확하게 찾을 수 있는 장소도 아니기에 차가 진입하지 못할 수도 있다. 아직 가야 할 여행지들이 줄지어 있기에 멀리서 보는 것만으로 만족하기로 했다.

핑크 호수만큼이나 신비로운 플라밍고를 빨리 보고 싶어 우린 다시 모래 바람을 뚫고 차에 올라탔다.

플라밍고, 날개를 펼쳐라
까마흐그 자연공원의 터줏대감을 만나다

까마흐그

Carmargue

에그모흑뜨의 신비로운 핑크빛 호수를 구경하고 까마흐그 자연공원_{Parc}
Ornithologique으로 향했다. 이번 여행이 나름 예술 여행이긴 하나 내심 기대했
던 곳은 까마흐그 자연공원이었다. 평상시에도 신비롭다고 생각했던 플라
밍고를 볼 수 있기 때문이다. 부러질 것처럼 얇은 다리로 균형 있게 서 있는
모습과 아름다운 핑크빛 깃털 때문에 수많은 조류 중 여왕 새 같다고 생각
했다.

까마흐그 국립공원은 플라밍고들이 서식하는 습지를 그대로 둔 자연공원
이다. 울타리가 인위적으로 쳐져 있지도 않다. 야생의 생명체가 터를 잡은
곳에 들어가 보는 기회가 그리 흔치 않으니, 호기심이 더더욱 커졌다.

공원 입구 매표소는 생각보다 초라했다. 관광객의 이목을 사로잡는 휘황
찬란한 간판이나 플라밍고 이미지를 넣은 요란한 포스터조차 없이 담백한

디자인의 간판만 있었다.

매표소 직원은 지도를 하나 주면서 홍학을 볼 수 있는 루트들을 설명해 주었다. 길마다 지정 장소에 숫자가 적혀 있는데 그 길만 따라 계속 전진하면 된다.

"우와, 저기 봐! 플라밍고다!"

눈앞에 펼쳐지는 넓은 습지대에 분홍빛 플라밍고들이 옹기종기 모여 있었다. 뮤직비디오나 애니메이션으로만 접한 새를 직접 보다니. 직접 마주한 플라밍고들은 정말 아름다웠다. 머리에서부터 몸통까지 숫자 '2' 모양의 곡선을 만든다. 한쪽 다리로만 균형을 잡고 서 있는 게 발레하는 것처럼 우아하다. 플라밍고는 개인주의보다 그룹을 선호하는 습성을 가졌다. 먹이를 먹기 위해 뿌연 진흙물에 머리를 박고 먹이를 찾아 먹는 동안에 포식자에게 잡아먹힐 위험이 있어서 개인플레이를 하지 않는다고 한다. 군단을 이루고 있으니 칙칙한 습지대를 환히 밝혀주는 분홍색 연꽃 같다.

플라밍고가 '불'을 의미하는 스페인어 'flamenco'에서 유래하듯 플라밍고의 깃털은 불꽃처럼 붉은 게 매력이다. 그런데 생각보다 창백한 핑크빛이었다.

"플라밍고가 생각보다 깃털 색이 연하네?"

그러자 옆에서 듣고 있던 M이 답했다.

"쟤네는 날개 속 깃털이 더 분홍색이야."

M은 플라밍고에게 보란 듯이 손짓을 건네며 말했다.

"휘, 휘, 애 좀 날아봐라!"

나도 강아지 부르는 소리를 내며 시선을 유도했다.

애타는 내 속을 아는지 모르는지, 플라밍고는 우아하게 한쪽 다리로 서서 편안하게 눈을 붙이고 있었다. 서커스 공연하듯 유연한 자세로 미동 없이 유지하고선 신경도 안 쓴다.

모여 있는 플라밍고

날갯짓하면 보이는 진한 핑크빛 깃털

다른 습지대 영역으로 자리를 옮겼다. 거기선 서로 자리싸움을 하는지, 사랑싸움하는지, 곱게 꼬고 있던 다리와 목을 편 플라밍고들이 서로 위협을 가하기 시작했다. 자기 몸을 더 크게 부풀리기 위해 한 마리가 날갯짓했다.

"그래, 날아봐! 날갯짓을 좀 더 해 보라고!"

점점 더 흥분한 플라밍고들은 아까보다 더 세게 날개를 펄럭거렸다. 그 찰나에 난 커다란 날개 속에 감춰진 플라밍고의 불꽃 깃털들을 봤다. 정말 예쁘고 고운 핑크색이었다. 인위적으로 만들려고 해도 따라갈 수 없는 천연 색이다.

나이가 지긋해 보이는 프랑스 아저씨, 할아버지들은 이때다 싶어 DSLR 카메라를 플라밍고 쪽으로 방향을 틀어 아름다운 그들의 모습을 담는 데 집중하고 있었다. 엄마 손을 잡고 온 어린아이들은 기괴한 소음을 내며 플라밍고에게 신호를 보냈다. 그러나 이 도도한 플라밍고들은 교신하고 싶어 하는 어린아이들의 마음을 알 리가 없다. 들은 체 만 체 물속에 부리를 박고 먹이를 찾고, 털을 다듬고, 요가 동작을 하고, 잠을 자는 데에만 열중하고 있었다. 플라밍고들은 인간들의 존재가 보이지 않는가 보다. 사람들의 소리에 전혀 동요 없이 자신들의 세상에서만 존재하듯 보였다.

이 국립공원에 와서 놀랐던 건 또 있었다. 플라밍고의 생태계를 해치지 않는 선 안에서 사람들이 개입할 수 있는 여지와 환경을 조성해 준 점이 굉장히 신선했다. 일반적인 동물원과는 매우 달랐다. 보통 동물원은 인위적인 울타리에 동물을 그 속에 떨어뜨려 놓고 사육한다. 관찰당하는 처지가 된 동물들은 자신이 아는 세계의 전부가 울타리 끝인 줄만 알고 우물 속의 개구리처럼 살아간다.

그러나 플라밍고를 비롯한 여기 사는 모든 동물은 사람들을 경계하지도, 그렇다고 친근감 있게 사람에게 다가오지도 않는다. 그 모습이 가슴을 뭉클하게 만들었다.

서로 '아름다운 거리'를 유지하며 함께 공존하고 살아가는 암묵적인 규칙이 있는 것 같다. 생명들이 자유롭게 살아가는 모습을 존중하는 프랑스 사람들의 배려와 자연을 사랑하는 마음이 고스란히 느껴진다.

여행 팁

까마흐그의 기념품을 사고 싶다면

까마흐그 소금 구매하기. 쌀린 데그모흑뜨Salin d'Aigues-Mortes 소금 제조업체에 가면 소금 투여도 하고 까마흐그 소금을 구매할 수 있다. 까마흐그 소금은 분홍색이 아니라 흰색이라는 점 미리 알자! 삼겹살에 뿌려 먹으면 엄청 맛있다.

피카소가 수락한 초대

인생은 피카소의 불완전한 작품처럼

앙티브
Antibe

앙티브에 위치한 파블로 피카소 미술관은 지중해와 인접한 경사진 지대에 있다. 테트리스 블록처럼 굉장히 촘촘하게 쌓은 흰 돌벽과 피카소의 큐비즘을 연상케 하는 기하학적인 건축 구조가 독특했다. 돌벽 사이사이엔 삐죽삐죽 초록색 식물들이 얼굴을 내밀고 있다.

저런 척박한 곳에도 뿌리를 내리다니, 참으로 질긴 생명력이다. 식물조차도 좋은 지중해 풍광은 직감적으로 아나 보다.

미술관 건물 입구로 가니 우리보다 더 부지런한 세 명이 먼저 와 대기하고 있었다. 지금은 미술관 개장 20분 전이다. "비시즌이라 사람들이 많지 않나 봐, 다행이야."라는 나의 말이 끝나기가 무섭게 하나둘씩 우리 뒤로 줄을 서는 사람들이 늘어났다. 다음 목적지로 바로 가려고 하는지 한 여자는 짐 트렁크 가방을 드르륵 끌고 온다. 퇴직한 나이로 보이는 중년 부부는 카메라로 서로를 멋지게 찍어주고 있었다. 이 작은 해안마을에 피카소의 작품을 보러 이렇게 사람들이 모이다니. 새삼 P.I.C.A.S.S.O라는 일곱 개의 알파벳이 얼마나 영향력이 큰지 깨닫는다.

한눈에 보아도 중세 시대에 세워졌을 이 건축물은 442년부터 1385년까지 비숍들이 거주하던 성이었다. 이후 모나코 왕실이 매입하면서 샤또 그리말디 Château Grimaldi 라고 불렸다. 그리고 1925년 앙티베시가 이 성의 주인이 되면서 앙티브의 문화와 유물들을 전시하는 그리말디 박물관이 되었다.

앙티브 파블로 피카소 미술관

이곳이 비로소 피카소 미술관이 된 건 1966년이 되어서다. 박물관의 초빙 큐레이터 도드라 수쉐르 Dor de la Souchère 는 피카소에게 이 성의 일부를 작업실로 사용할 기회를 제안했고 피카소는 생각지 못한 제안에 기뻐하며 이렇게 말했다고 한다. "난 회화작업만 할 게 아니라 미술관 장식도 해 보겠어."

1946년, 피카소는 자신에게 주어진 2층의 가장 큰 방에 두 달 동안 머물면서 다양한 작업을 했다. 미술관 측에서는 이젤, 테이블, 물감, 붓과 작업을 하다 누워서 쉴 수 있는 매트리스까지 제공해 주었다고 한다.

　명성만으로도 이미 스타였던 피카소가 이 공간에 살았었다고 하니, 예술과 역사의 가치를 높이 사는 프랑스가 그냥 이곳을 놔둘 리가 없다. 큐레이터 도드라수쉐르의 적극적인 노력과 소통을 통해 피카소의 작품들이 이곳에 영구적으로 남을 수 있게 만들었다. 피카소는 약 23개의 회화와 44개의 드로잉을 앙티브시에 감사의 선물로 기증했고 나중에 그가 손으로 빚은 세라믹 작업도 차차 추가되었다. 그의 마지막 아내였던 자클린 로크도 자기 소유의 컬렉션들을 미술관에 기증했다. 이렇게 또 다른 피카소 미술관이 앙티브에 생겨났다.

　피카소를 동경하긴 하지만 솔직히 말하면 앙티브 피카소 미술관에 대한 기대는 그리 크지 않았다. 난 피카소의 초기 작업을 좋아하는 편인 데다, 이곳에선 그간 많이 알고 익숙한 피카소의 명작들은 볼 수 없을 것이라 예상했기 때문이다. 게다가 앤디 워홀의 실크 스크린 버금가게 제작한 그의 수작업 작품 수량도 만만치 않고 주제나 재료의 스펙트럼도 매우 방대하다. 그렇기에 피카소의 작품을 모두 정복하겠다는 건 욕심이다. 유럽에만 피카소 미술관이 다섯 군데 이상 있다고 하니 그중에 하나를 도장 깨기 하듯 간다는 것에 이의를 두었다.

　성 내부는 중세 사람들이 어떻게 살았는지 가늠할 수 없을 정도로 완벽하게 정돈되어 있었다. 티끌 없이 깨끗한 흰색 벽에 걸린 야수 같은 피카소의 작품들은 이 성과 어울리는 장식품처럼 보였다.

대부분 작품은 피카소가 앙티브를 비롯한 지중해 연안에 머물면서 창작한 것들이라 생소한 작품들이 많았다. 이 전에 그가 실험했던 입체주의, 초현실주의, 고전주의가 모두 짬뽕처럼 뒤섞인 듯했다. 가장 눈에 두드러진 건 반인반수인 '판'을 주제로 한 다양한 초상화와 해산물이다. 뾰족뾰족하게 표현한 성게들도 눈에 들어왔다. 지중해와 가까이 살면서, 피카소는 바다에서 나는 생물들에도 무척 관심이 많았나 보다.

지중해의 푸른색이 돋보이는 피카소의 〈삶의 기쁨, 1946〉

대충 그린 듯 거칠고 미완성처럼 보이는 많은 작품 중 〈삶의 기쁨〉은 "이건 좀 제정신일 때 그린 그림 같네."라는 말이 나올 정도로 형태나 색감이 차분했다. 앙리 마티스의〈삶의 기쁨〉을 자신만의 방식으로 재구성한 작품이다. 피카소는 로마에서 성행했던 비공식 축제 바카날리아를 주제로 한 요소들을 넣었다. 뚜렷한 외곽선과 검은색, 회색 단면의 조화 덕분에 충동성보단 정적인 느낌을 준다. 미노타우로스처럼 생긴 인물은 피리를 연주하고, '판'이라 예상되는 염소 두 마리는 앞발을 들며 껑충댄다. 그 옆 풍만한 가슴과 머리카락을 가진 여자는 다리를 꼬고 춤을 춘다. 이 여성은 당시 피카소가 만나던 프랑수아즈 질로다. 환갑이 넘은 나이의 피카소는 자신보다 40살이나 어린 질로를 만나고 있었다.

피카소가 빚은 여자 두상도 있었는데, 보고 깜짝 놀랐다. 코는 가지처럼 크고 알사탕을 눈에 박아 넣은 듯하다. 누가 누가 못생긴 얼굴을 그리나 시합해서 만든 것 같은 심술 난 여인이다. 커다란 눈과 봉긋 솟은 광대뼈를 보니 그의 아내 자클린과 어딘지 모르게 비슷하다.

피카소가 만든 〈여자의 두상〉

65세가 되어 만든 피카소의 작품들은 미완성처럼 보이는 게 한두 개가 아니었다. 작품 개수도 많은 데다 하나하나에 세밀한 에너지와 신경을 쏟기보다 엄청난 속도로 그려낸 흔적들이 두드러진다. 절제와 정확성은 찾아볼 수 없었다. 그렇다 보니 자연스럽게 "저거 나도 그릴 수 있겠는데?"라는 말이 나온다. 하지만 그림을 그려보거나 창작 분야에서 일하는 사람은 피부로 알 것이다. 이렇게 엉성해 보이는 그림들을 그리는 방법과 지속해서 꾸준히 해 나가는 게 얼마나 어려운지를.

미술관을 나갈 때쯤 되니 마음이 깃털처럼 가벼워졌다. 아마도 대충 휘갈겨 그린 것 같은 피카소 작품들을 관람하고 나니, 나의 내면에서 일어난 화학적 반응일 거다. 파블로 피카소는 "완벽주의자"가 아니었다. 그가 직접 이 말을 한 건 아니지만, 그의 작품과 수많은 작품 가짓수가 말해 준다.

글을 쓰거나 창조적인 일을 하는 경우엔 완벽주의 성격은 정신을 갉아먹는 독이 된다. 완벽이라는 끝 지점과 결과에 치우치면 즐기는 과정도 사라져 버린다. 그러나 피카소는 그러지 않았다. 피카소의 '완벽주의'는 다른 의미였다. 그는 '완벽'을 이런 식으로 표현했다.

"한 캔버스에서 또 다른 캔버스로, 항상 더 멀리, 더 멀리…."

그에게 완벽이란, 한 작품에만 매몰되어 집요하게 집중하지 않는 것. 시리즈로 반복하면서 실험적인 과정을 거치고 확장해 나가는 것을 의미한다.

피카소 미술관 테라스에서 바라본 반짝이는 지중해

피카소의 '완벽주의' 자세를 단순하게 우리의 삶에 적용해 봐도 좋겠다. 삶을 하나의 장편영화가 아니라 여러 개의 시리즈로 구성되는 산뜻한 단편 영화로 보면 어떨까. 계속 이어져야 하는 '하나의 선'이라 생각하면 엄청나게 부담스럽지 않은가! 그렇게 되면 시야가 좁아지는 오류를 범하게 된다. 선은 끊어지면 또 매듭을 묶어서 연장하고, 썩으면 잘라서 새로운 색의 선으로 매듭을 지어서 이으면 되는 거다.

힘든 시련이 찾아오면, 끝이 없는 장편영화의 주인공이 된 것처럼 보이지만, 아니다. 언젠가는 끝이 있는 단편 영화 속의 주인공이다. 물론 상영 길이의 차이는 있겠지만….

최대한 나도 피카소처럼 내 삶을 소재로 한 다채로운 '단편 영화'를 많이 만들어 보고 싶다. '완벽'이라는 부담의 짐은 저 드넓은 지중해 바다에 던져 놓고.

지중해 해산물을 먹고 싶다면

파블로 피카소 미술관에서 1분 거리에 있는 푸아쏘네리 라시렌Poissonnerie La Sirène에서 해산물을 먹는 걸 추천한다. 여긴 특별한 조리 없이 싱싱한 해산물을 데쳐 주거나 생으로 먹을 수 있게 해 준다. 특히 살짝 데친 새우는 별 양념이 없어도 달고 맛있다. 생굴도 종류별로 있으니 맛보길 추천한다.

파도가 삼킨 장 콕토 미술관

덕분에 우연히 마주한 또 다른 공간

멍통

Menton

앙티브에서 점심으로 지중해 해산물을 든든하게 맛보니, 배도 부르고 마음도 넉넉해졌다. 아직도 내 입에서는 새우의 단맛이 맴돌았다. 기분만큼은 나도 프렌치 리비에라 부호 못지않았다.

멍통은 에즈로 이동하기 전에 징검다리로 껴 넣은 도시라 상세한 계획은 미처 신경을 쓰지 못했다. 그래도 어떤 도시인지 인지하려고 핵심 단어만 적어 두었다.

레몬

부호들의 휴양지

장 콕토

멍통은 1928년부터 매해 레몬 축제가 열리는 도시, 부자들의 대표적인 휴양 도시, 그리고 장 콕토가 사랑한 도시다. 온화한 기후와 아름다운 바다 풍광 때문에 벨에포크 시대에는 빅토리아 여왕도 즐겨 찾은 곳이었다.

멍통에선 무계획이 계획이다. 차에서 내려 사람들이 많이 몰려가는 곳으로 따라갔다. 사람들의 발걸음이 향하는 곳은 해안가였다. 바닷가 주변으로 해안 산책로가 곧게 뻗어 있다. 니스의 '영국인의 길'보다는 폭이 좁은 산책로였지만 길이는 길었다. 그 길을 따라 왼편에는 레스토랑들이, 오른편에는 레스토랑의 테라스 자리들이 줄을 서 있다. 높은 채도와 알록달록한 색감의 파라솔들이 테이블에 꽂혀 있다. 파라솔 아래에서 사람들은 와인, 홍합, 해산물을 먹으며 여유로운 시간을 즐기고 있었다. 해안가를 따라 서 있는 파스텔 색조의 건물들은 마치 웨스 앤더슨 감독이 연출한 듯했고, 보는 재미가 있었다.

파스텔 톤이 아름다운 멍통 해안가의 건물

장 콕토 Jean Cocteau. 초현실주의나 입체주의 관련 작가들과 관련된 미술사 책을 읽으면 가끔 두더지처럼 나오는 이름이다. 시인으로 이름만 간혹 들어 봤지, 난 그의 작품을 제대로 관람을 해 본 적이 기억에 없다.

장 콕토 미술관 건물에 가까이 다가갔는데 폐장한 것처럼 조용했다. 흰색 외벽은 오염되어 관리가 전혀 되고 있지 않아 보였다. 출입구를 들락날락하는 사람은 한 명도 없었다. 이렇게 멋진 건축물의 미술관이 그냥 폐장할 리가 없다. 좀 의아했지만, 그냥 돌아가기로 하고 모래사장 쪽으로 걸어갔다. 장 콕토와는 전혀 인연이 없나보다 생각했다.

반짝거리는 푸른 바다를 보며 걸었다. 그런데 30m 전방에 독특한 건물이 눈앞에 들어왔다. 마치 미니 레고 블록으로 만든 작은 성 같았다. 궁금한 마음에 다가가 자세히 보니 '장 콕토 바스티온 미술관 Le Musée Jean Cocteau—le Bastion'이라고 쓰여 있었다.

'이상하다. 분명 닫혀 있었는데, 이곳으로 이전한 건가?'

우선 들어가서 매표소에 앉아 있는 직원에게 물었다.

"여기 장 콕토 미술관 맞아요?"

"네, 맞아요."

"어, 그런데 저 흰색 건물도 장 콕토 미술관 아닌가요?"라고 묻자 역시 맞다고 했다. 저곳에 들렀는데 닫혀 있어 허탕 치고 왔다고 하니, 그는 당연하다는 눈빛으로 이유를 말해 주었다.

"2018년에 폭풍이 심하게 친 날이 있었는데요. 그때 엄청 높은 파도가 미술관을 덮쳐 버렸어요. 미술관 위치가 바다랑 꽤 가깝게 있잖아요. 그 사고로 미술관에 있는 작품들이 모두 젖어 버렸죠. 완전히 흠뻑 다 젖었어요. 그래서 미술관 내부와 모든 미술관 컬렉션 작품들을 복구 작업 중이에요. 내부 공사하느라 현재 닫혀 있지요."

장 콕토가 직접 돌을 박아 만든 모자이크 바닥과 내벽

항상 나의 관심 밖에 나아 있는 예술가였지만, 장 콕토의 문화유산이 바닷물의 염분에 망가졌다는 사실은 내 일처럼 안타까웠다. 하다못해 열심히 정성 들여 필기한 노트가 실수로 물에 젖기만 해도 속상한 법인데. 작품이 젖었다는 사실은 정말 끔찍한 사고다.

바스티온 미술관에 입장하자마자 가장 눈에 띄는 건 작품보다 인테리어였다. 이 세상의 모든 돌을 빼다가 박아 장식을 한 듯 모든 벽과 천장, 바닥이 자갈돌들로 만들어졌다. 출입구에 도마뱀 형상을 한 바닥은 장 콕토가 직접 디자인해 돌로 모자이크를 만들었다.

이 조그마한 성곽은 1636년에 최초로 지어졌었는데, 장 콕토가 직접 자기 작품들을 걸고 장식하기 위해 계단, 태피스트리, 조약돌 장식 등 모든 것을 디자인했다고 한다. 장 콕토 작품이 많지 않아도 이 공간을 보는 재미가 쏠쏠하다.

장 콕토는 미술 작가보다 시인이라는 정체성이 강하다. 그림보다 글로 표현하는 법에 더 능했다. 10세부터 자신만의 글을 쓰기 시작했고 16세에 이미 시인 등단을 했을 정도로 글재주가 있었다. 영화감독, 연출가, 시나리오 작가, 디자이너 등등 다양한 분야를 포섭했던 인물이었다.

그림은 어린 시절 아버지의 영향으로 시작했다. 변호사였던 그의 아버지는 일찍 은퇴하고 취미 삼아 그리는 아마추어 화가였다. 장 콕토는 아버지를 통해 그림 그리는 걸 배웠고, 성인이 되어서도 그를 괴롭혔던 우울증을 이겨 내는 수단으로 그림을 계속 그렸다. 그림은 글에 이어 그의 세계관을 확장하는 데 도움을 주는 하나의 예술적 도구가 되었다.

그래서인지 장 콕토의 회화는 전통적인 회화라기보다 낙서 같은 드로잉 혹은 디자인의 영역에 조금 더 가깝다.

전시장 내에는 장 콕토 작품 대신에 타 작가들의 작품들이 많았다. 앙리드 툴루즈로트렉, 알폰즈 무하, 떼오발드 샤르트랑의 작품들이 공간의 빈 벽을 채워 주고 있다. 그리고 한 액자에는 장 콕토 작품 복원 작업 과정을 보여주는 사진, 영상들이 돌아가고 있었다. 그 이미지들 속엔 스케치북, 책, 그림들을 모두 펼쳐 선풍기로 말리는 모습이 가득했다.

제대로 작품을 보지 못한 아쉬움으로 구매한 장 콕토 엽서

프랑스는 복구와 보존의 귀재 아닌가!

언젠가 다시 미술관에 전시된 장 콕토의 작품들을 볼 수 있는 날이 오길 바란다.

걸으면 보이는 멍통의 매력

1. 구시가지 골목을 거닐어 보자! 옛날 건물들과 사람들이 사는 아기자기한 흔적들을 둘러보는 것만으로도 재미있다.

2. 이탈리아 국경과 근접해서 이탈리아 문화가 많이 섞여 있다. 이탈리아어를 사용하는 사람들도 많다. 레모네이드를 한 잔 마시며 이탈리아의 활기찬 느낌도 얻어갈 수 있다.

3. 올드샤또 공동묘지로 올라가면 멍통 도시와 지중해 풍광을 모두 한눈에 넣을 수 있다.

365일 지중해를 수호하는 선인장 정원

여긴 마법에 걸린 듯해

에즈

Eze

프랑스에 오기 전, 에즈는 어떤 도시일까 궁금해하며 찾아보다가 '어떻게 이런 곳이 존재할 수 있지?'하며 깜짝 놀랐었다. 에즈의 선인장 정원 풍광은 내게 적지 않은 충격을 주었다. 푸른 바다를 배경으로 선인장과 특이한 열대 다육식물들이 돌산 위에 피어 있었다. 이제껏 살면서 보지 못한 자연 풍광이었다. 그 어떤 인위적인 것으로 대체할 수 없는 우유니 사막이나 밤하늘의 오로라처럼. 사막 지대에서나 볼법한 거대한 선인장과 다육식물들을 지중해에서 볼 수 있을 거라는 건 상상도 하지 못했었다.

에즈 정원까지 가기 위해서는 중세 시대부터 생겨난 작은 에즈 마을을 올라가야 한다. 에즈는 기원전 200년부터 이미 사람들이 모여 사는 마을로 형성된 도시였다. 프랑스 지중해 수면 위로 427m 높은 위치에 있는 지리적 특징 때문에 "독수리의 둥지"라는 별명이 있다. 2,000년 이상의 역사를 간

에즈 마을 골목

직한 마을이라니, 이런 곳에 직접 발을 내딛는 것만으로도 황홀했다. 현재도 사람들이 사는 마을이라서 호텔, 레스토랑, 제과점, 아트 갤러리, 기념품 상점들이 길목에 오밀조밀 모여 있다. 돌벽으로 만들어진 건물 사이사이에는 초록색 나무와 아이비가 자라고 있어 차가운 돌산 마을의 분위기를 중화시킨다.

길바닥 위에서 식사하는 사람들도 보였다. 식당 테라스가 일반 도보와 구역이 나눠진 게 아닌 데다 보행자와 식사하는 사람과의 거리가 바짝 붙어 있다. 그렇다 보니 식사하는 사람은 길 위에서 먹는 것처럼 보인다. 서로가 좀 민망해질 수 있다.

한 꼬마 남자아이가 입을 한껏 크게 벌리고는 햄버거를 베어 먹다가 나와 눈이 마주쳤다. 쳐다보는 것만으로도 민망해져 난 서둘러 시선을 재빠르게 돌렸다. 꼬마 아이는 이런 일이 대수롭지 않은지 볼이 빵빵하게 햄버거를 베어 먹곤 오물오물 씹으면서 행인들을 구경한다. M은 먹는 이들의 모습을 보고 한마디 했다.

"어휴, 먼지가 음식에 다 들어가겠네. 저렇게 길에서 먹는 문화는 계속 봐도 적응이 안 되네."

집들도 다닥다닥 붙어 있으니 옆집 포크와 나이프가 몇 개인지, 속옷 개수가 몇 개인지 알 수 있을 정도로 이 마을 사람들은 서로 모르는 게 없을 것 같다. 산악 지대다 보니 언덕길은 끝날 줄 모르게 계속되었다. 조금씩 다리가 아프기 시작했다.

"거의 다 온 거 같아. 좀만 더 힘을 내!"

앞서가던 Y가 외쳤다.

저 앞에 드디어 정원으로 입장하는 개찰구가 보였다. 정원에 발을 내딛자, 수백 가지 종류의 선인장과 다육식물들, 그 뒤에 병풍처럼 버티고 있는 지중해와 절벽 풍광이 한꺼번에 시야에 밀려 들어왔다.

'와! 어떻게 이런 곳이 존재할 수 있을까?'

선인장들은 원래 이곳에서 자라난 토착민처럼 맑은 초록빛과 노란빛을 띠며 땅에 굳건하게 서 있었다. 뾰족한 가시 사이사이로 보이는 선인장의 맨몸은 윤기가 흐르고 건강해 보였다. 발목 높이 크기로 자라난 앙증맞은 다육식물은 종류가 다양했다. 매섭게 가시 돋친 몸뚱어리에서 피어난 꽃이어서 그런지 홍연색 꽃이 더 화려해 보였다.

아가베도 실물로 처음 봤다. 달콤한 아가베 시럽을 생산할 수 있는 식물로 익히 알고 있었는데, 직접 본 아가베는 생각보다 거대했다. 생김새는 알로에와 너무나 흡사했다. 그 옆에 있는 알로에의 잎은 내 팔보다 길었다.

에즈 정원에서 마주한 거대한 선인장

평소에도 난 줄곧 선인장이나 다육식물을 아름답다고 느꼈다. 생명력이 질기고 아무나 함부로 접근할 수 없게 하는 까칠한 가시들이 매력적이다. 예쁘다고 계속 만지고 닦아줄 필요도 없고, 물을 자주 주지 않아도 되는 쿨내 나는 느낌과 야생 날 것의 분위기가 좋다.

궁금했다.

어떻게 이 높은 산꼭대기에서 선인장이 자라는 건지,

어떻게 여기에 이걸 심을 생각을 한 건지,

얘네들은 언제부터 여기 있었던 건지.

극도로 건조한 사막 지역에서나 볼법했던 선인장이 '독수리의 둥지'처럼 높은 절벽 지대에 뿌리내린 모습은 정말 이색적이다. 이런 초현실적인 느낌은 인간의 치밀하게 계산된 연출 없이 그냥 만들어지지 않았다.

에즈 정원은 자연과 역사에 대한 프랑스인의 사랑에서 비롯되었다. 어느 날, 시장이었던 앙드레 지앙통은 모나코에 있는 정원 "Exotic Garden"을 보게 된다. 그는 현실에서 잠시 벗어 날 수 있는 이색적인 감성과 느낌을 충전할 수 있는 정원에 크게 감명받았고 이 정원의 디자이너 가스토에게 비슷한 정원 디자인을 의뢰했다. 에즈 마을 꼭대기에 있는 성과 요새가 파괴된 유적지 자리를 따라 식물 정원을 조성하길 원했다. 세계 2차 전쟁 이후, 수십 명의 프랑스 사람들은 각종 다육식물과 흙더미를 이 높은 곳까지 지고 나르면서 선인장과 다육식물을 심었다. 그렇게 아름다운 디자인의 에즈 정원이 탄생했다.[8]

장 필립 리샤드의 조각품 〈대지의 여신들〉

에즈 정원이 신비롭게 보이는 건 식물 때문만은 아니었다. 선인장과 더불어 조각가 장 필립 리샤드의 작품 〈대지의 여신들〉이 있었다. 이 작품은 마법에 걸린 듯한 분위기와 생명력을 이곳에 불어넣고 있었다. 대지의 여신은 발이 땅에 붙어 있어 땅에 뿌리 내린 식물 같

---

8) JardinExotique d'Eze, "History of the Exotic Garden", www.jardinexotique-eze.fr/en/history/, (2023.11.11)

은 형상을 하고 있다. 생명을 잉태한 듯 배도 약간 부풀어 있다. 부드러운 곡선의 긴 팔과 손이 다리와 일체화되어 여성의 고운 선을 자랑한다. 인체 묘사의 정확성은 떨어져도 고대 그리스 조각처럼 우아하다. 마법이 풀리면 딱딱한 돌에서 깨어나 음악에 맞춰 춤을 출 것 같은 모습이 머릿속에 그려졌다.

에즈는 역사 속에 연기처럼 사라져 평범한 마을이 될 수도 있었지만, 식물, 예술 그리고 자연의 조화를 이루는 정원을 만들어 수백 년 된 유적지 부럽지 않을, 가치 있는 장소로 탈바꿈했다. 역사적으로, 지리적으로 유리한 자연경관을 똑똑하게 잘 이용한 거다.

저 멀리 지중해의 수평선이 보였다. 한눈에 들어오는 마을 풍광과 바다를 보니 철학가 니체가 이곳에 머물며 왜 사색을 했는지 잠시나마 알 수 있었다. 니체는 1883년 12월에 이곳 에즈에 잠시 머무른 적이 있었다. 1870년 중반, 긴 우정을 이어왔던 작곡가 리하르트 바그너Richard Wagner와 철학가 아르투어 쇼펜하우어Arthur Schopenhauer와의 철학에 대한 이견으로 사이가 멀어졌다. 그 이후부터 니체의 정신 건강이 악화하였다고 한다. 심해진 두통 때문에 니체는 온화한 기후를 가진 남프랑스와 이탈리아 북쪽 지방을 배회했고, 결국 에즈를 택해 잠시 머물렀다.

정원에서 내려다본 지중해 바다 전경

니체는 언덕 마을을 하이킹하고 초록색 자연과 푸른 지중해 바다를 매일 매일 일상에서 보면서 다시 철학과 소설 집필에도 몰두할 수 있었다. 그가 자주 거닐던 길은 '니체의 길'로 남아 있다. 에즈에서 생활하는 동안 니체는 자기 경험을 이렇게 상기했다.

"난 잠을 너무나 잘 잤고, 많이 웃었고, 놀랄 만한 활력과 인내를 되찾았다."

— 니체

잠을 잘 자고, 많이 웃는 것만으로도 삶은 살 만한 것 같다.

계속 미소를 머금게 하는 이 독특한 풍광을 두고 난 그냥 내려갈 수 없었다.

"이 풍경을 그냥 잠깐 보고 가긴 아쉬운 데 커피 한 잔 하고 갈까?"

"너무 좋지요. 이 값진 풍광을 보면서 차 한 잔은 해야지. 벌써 내려가긴 너무 아쉽지."

'독수리의 동지'에 더 머물고 싶은 우리 셋의 마음은 일치했다. 아까 올라오던 길에 눈여겨봤던 '샤토 에자' 호텔에서 또다시 멋진 풍광을 바라보며 주스와 커피를 한 잔씩 마셨다. 세상에서 가장 맛있는 시간이다.

에즈는 높은 지대에 있으니

1. 샤또 에자에서 커피라도 한 잔 먹고 나오자. 여긴 1박에 거의 100만 원 이상 하는 5성급 고급 부티크 호텔이다. 이 호텔의 경치를 보면 그럴 만하다는 소리가 절로 나온다. 그러니 커피 한 잔 하며 최대한 오래 앉아 풍광을 즐겨라!
2. 산기슭에 있는 마을이라 주차하기가 매우 힘들다. 공영주차장 개장이 안 될 때도 있으니, 길가를 서성이다 빈 곳이 있다면 눈치껏 주차해야 한다. 마을에서 좀 떨어진 곳에 주차하고 걸어 올라올 수도 있다는 마음의 여유를 갖자.

여기서, 잠시 안녕

햇살이 반기는데 기미가 대수인가?

빌프랑슈르메르

Villefranche-sur-Mer

남프랑스에서의 마지막 날이다.

오늘의 여정은 계획대로 되지 않았다. 원래 계획은 최강의 부내를 맡아 보는 경험을 할 수 있는 모나코 공국을 가는 거였다. 항상 막힘없이 고속도 로를 누비며 다녔는데 이상하게 오늘따라 모나코로 내려가는 도로가 꽉 막 혔다. 그것도 두 차례나 20분 이상 차가 꼼짝도 못 하는 정체를 겪었다.

남프랑스에서 머무는 마지막 날이니만큼 길에서 허비하는 시간이 너무 아까웠다. 몇 시간 걸려 가까스로 모나코에 도착한다 해도 그 좁은 땅에서 주차 전쟁을 마주해야 하는 건 뻔했다. 아쉬운 마음이었지만, U턴을 해서 왔던 길로 다시 올라갔다.

차를 돌려 향한 곳은 빌프랑슈르메르다. 이 마을은 '깍두기'였다. 시간이 비면 가 보고 싶다며 M이 점찍어 둔 깍두기 도시. 뭘 해야 한다거나 뭘 봐야 한다는 부담 없이 도시를 거닐면서 세상에서 가장 게으른 '슬로우 타임'을 가져 보기로 했다.

프렌치리비에라로 휴가 온 여유로운 프랑스인처럼 점심을 먹고 싶었다. 아주 느리게 그리고 아주 오랫동안. 그러려면 전망 좋은 바다 풍광이 있는 식당이 필요했다. 바닷가 근처로 걸어가니, 마을 사람들의 삶이 묻어 있는 상점들과 식당들이 바다를 향해 즐비해 있었다. 직관적인 판단으로 '메이싸 비치Mayssa Beach' 레스토랑을 점찍었다.

우리는 바다를 최대한 가까이 볼 수 있는 좋은 좌석으로 안내를 받았다. 프랑스 레스토랑에선 착석해서 음료 주문을 받기까지 10분, 음료를 받고 요리 주문하는 데까지 또 다른 10분, 그리고 요리가 나오기까지 대략 20분이 소요된다.

본론부터 들어가는 걸 좋아하는 우린 에피타이저는 가볍게 생략했고, 본식과 디저트가 함께 나오는 세트로 주문했다. 뭐든지 급한 한국인이 30분 넘게 음식을 기다리는 건 있을 수 없는 일이다. 그렇지만 '오늘 난 프랑스인이다. '빨리빨리'는 잠시 넣어 두자.'라고 주문을 걸었다.

그래도 이제 여행 막바지라 굼벵이 같은 프랑스식 서비스에 살짝 적응되었나 보다. 조금 느린 속도로 서빙된 음식에 울컥하지 않았다. 각자 주문한 감바스, 연어구이, 흰 살 생선요리가 나왔다. '감바스'라 하면 올리브 오일에 새우와 마늘을 넣고 끓인 스페인식 요리를 떠올리는데 여기 감바스 요리는 좀 달랐다. 살이 실한 새우를 그릴에 구운 요리였다.

한국인이 밥을 좋아하는 건 어떻게 알았는지 찰기가 도는 밥도 함께 서빙
되었다. 경양식 식당에서 돈가스를 시키면 함께 나오는 적은 양의 밥과 매
우 흡사했다. 음식은 다 씹지 않아도 술술 잘 넘어가고, 햇살은 따뜻하고,
앞에는 지중해 바다가 펼쳐져 있다. 난 레모네이드를 한 모금 쭉 들이켜고
분위기에 취해 버렸다.

"여기가 진정한 낙원이네."

식당 야외 테라스에서 바라본 경치

사람 구경만큼 재미있는 게 있을까? 스마트폰이 생기기 전, 나의 지루함

을 달래주는 일은 지나가는 사람들을 구경하는 것이었다. 지상 낙원 같은 분위기에 취해 주변을 둘러보았다. 내 등 뒤에 자리 잡은 젊은 부부는 여전히 계속 식사하고 있었다. 남자는 거대한 체구를 가졌다. 그의 몸만 봐도 먹는 걸 얼마나 즐기는 인물인지 예측할 수 있다. 부인은 날씬한 몸매를 자랑하는 듯 타이트한 옷을 입고 있다. 우리가 오기 전부터 이미 애피타이저와 본식까지 먹은 것 같았는데, 어느새 삶은 대구 요리가 또 서빙되었다. 웨이터는 마치 행위 예술을 하듯 포크와 수저로 대구의 가시를 끊기는 동작 없이 싹싹 발라낸다. 그 옆에 유모차를 타고 있던 아이는 부모의 끝나지 않는 식사 시간에 지쳤는지 먹다가 잠이 들어 버렸다.

내 자리에서 1시 방향에는 50, 60대 정도로 보이는 백인 두 커플이 앉아 있다. 이들은 구멍이 뽕뽕 뚫린 흰색 페도라를 쓰고서 식전주를 마시고 있었다. 다 함께 맞춘 듯 똑같은 모자를 썼고, 멀리서 봐도 얇고 얄팍한 소재다. 강한 햇살을 가리기 위해 기념품 가게에서 하나씩 구매를 한 모양이다.

직방으로 얼굴에 따가운 햇볕을 쬐고 있던 내 얼굴을 보자, M은 걱정하는 눈초리로 말했다.

"너도 모자 좀 써, 얼굴 더 태우지 말고! 햇빛 알레르기도 있으면서 어쩌려고."

"괜찮아. 지중해 햇살은 괜찮은가? 아직 알레르기 안 났어."

마지막 날이니만큼 따스한 햇볕을 마음껏 쬐고 싶었다. 기미, 잡티가 생기는 게 약간 마음에 걸렸지만 개의치 않았다. 서울로 돌아가면 이렇게 따스한 햇살을 마음껏 즐길 수 없을 테니까. '기미는 피부과에서 빼지 뭐.'

지금. 이 순간을 잠시 둬 버렸다. 그리고 난 느꼈다. 프랑스인들의 나태함과 여유의 원천은 이 따스한 햇살에서 오는 거라는 것을. 그리고 이 여유는 창의적인 아이디어로도 이어질 수 있다는 것을…

든든하게 배를 채우고 소화도 시킬 겸 마을을 둘러봤다. 빌프랑슈르메르의 매력은 다채로운 색감의 건물들 사이사이로 지나다니면서 흘러나온다. 대부분 건물은 13세기 중세부터 있었다고 한다.

다채로운 색감배합과 식물로 꾸민 집 대문 앞. 마을 사람들의 센스가 엿보인다.

빌프랑슈르메르의 알록달록한 건물들

창가에 걸린 알록달록한 빨래들, 투박한 나뭇결이 드러난 대문 앞에 놓인 식물들과 꽃 화분들, 현관문 장식을 위해 벽에 비스듬하게 박힌 항아리, 기증한 책들을 모아 둔 도서 박스. 이런 흔적들만 봐도 이 마을 사람들은 자신의 환경을 아름답게 가꾸는 법을 아는 듯 보였다.

화가 여자와 중년 아저씨가 대화하는 낭만적인 장면

물속이 훤히 비치는 맑은 바닷물

4. 풍경

지중해를 따라 걷다 낭만적인 장면을 하나 포착했다. 회색 머리의 중년 여성이 돌담 위에 작은 간이 의자 위에 앉아 있었다. 여성의 손에는 붓이 들려 있고 발밑에는 자신이 그린 회화작업이 진열되어 있었다. 흰머리에 중저음 목소리를 가진 남성은 잠시 서서 그 여자와 이야기를 나누었다. 그리고 어떤 파일을 넘겨보고 있었다.

곁눈질하며 보니, 그 파일 안에는 수채화 작품들이 들어 있었다. 슬쩍 봐도 화사한 색감들이 쏟아져서 남프랑스의 풍광을 그렸다는 걸 알아챌 수 있었다. 남자는 작업에 관한 질문을 하고 여자는 답변으로 응한다. 이들의 대화를 이해할 수 없었지만, 마치 사랑의 시작을 알리는 한 편의 영화 속 장면 같아 보였다. 이들의 뒤편에 보이는 바다와 항구 풍광은 더없이 아름다웠다.

하, 이젠 정말 가야 할 시간이 되었다. 여행하기 전부터 '이 여행을 잘 마칠 수 있을까?' 되뇌었던 부담은 언제 그랬냐는 듯 연기처럼 사라져 버렸다. 그 자리엔 떠나야 한다는 아쉬움이 크게 자리 잡았다. 프랑스에서 발견한 아름다운 태양의 빛, 화가들의 발자취, 맑은 공기, 그리고 맛있는 디저트까지 두고 떠나야 한다. 지난 보름이 넘는 기간 동안 내 눈과 마음에 담았던 개성 강한 프랑스 소도시의 풍경, 예술과 낭만의 흔적들이 생생하게 머리에서 떠올랐다.

첫 여행지, 오베르슈아즈에서의 나와 현재의 나는 살짝 달라져 있었다. 좁은 시야가 확장되고 시선은 좌우로 넓게 바라보고 있다. 나의 내면은 엄청나게 밝은 기운과 에너지로 충전되어 있었다. 현실로 돌아가도 아마 이 밝은 기운은 한동안 꺼지지 않을 거라는 확신이 들었다.

난 무거운 발걸음을 떼며 푸른 미소를 짓고 있는 지중해에 소리 내어 말했다.

"안녕! 프랑스. 진짜 또 돌아올게.

À la prochaine!

다음에 또 봐!

여행 팁

프렌치리베이라의 보석, 빌프랑슈르메르를 즐기려면

1. 셔터만 누르면 사진이 기가 막히게 나오는 마을이다. 알록달록한 색감의 건물들이 많아서 골목길을 걷다 보면 인생 최고의 장면을 건질 수 있는 지점이 많다. 옷은 샤랄라한 흰색 원피스를 입으면 화보 같은 사진을 건질 수 있을 것 같다.
2. 생피에르 예배당Chapelle St Pierre에 가 볼 것! 장 콕토의 미니멀한 디자인의 벽화를 볼 수 있는 예배당이다.

백만 불짜리 휴게소

이런 휴게소는 처음이야

멍통을 향해 가던 중 화장실이 급해 우연히 들어갔던 에흐드보솔레이_{Aire} de Beausoleil 휴게소. 이 휴게소엔 숨은 보석이 감춰져 있었다.

바로 절벽 끝에 서면 한눈에 들어오는 건 코트다쥐르 해안 연안과 절벽 바로 아래에 펼쳐진 모나코 공국 영토다. 하늘과 지중해는 서로 맞닿아 어디서부터 하늘이고 바다인지 알 수 없을 정도로 시야의 절반 이상은 푸른색으로 뒤덮였다. 그 사이에 현대적인 고층 빌딩, 아파트와 오래된 빌딩들이 뒤섞여 있었다.

보솔레이 휴게소는 프랑스의 남쪽 끝 보솔레이 지역과 모나코 공국의 경계선이 맞닿아 있는 지점에 있다. '보솔레이'는 프랑스어로 '아름다운, 사랑스러운 태양'이라는 뜻을 가진다. 지리학적으로 '아름다운 태양이 내리쬐는 장소'를 칭하기도 한다. 태양이 항상 머무는 쉼터에 우연히 들어와 아름다운 경관을 보게 되다니! 정말 운이 좋다.

보솔레이 휴게소에서 내려다본 풍경

여긴 지금까지 내 인생에서 만난 최고의 휴게소였다.

'그런데 말이야, 이런 금싸라기 땅에 호텔이나 아파트 안 짓고 휴게소를 짓다니… 대단한걸?'

20여 분 동안 멍하니 아름다운 풍광을 바라보면서 쉬니, 꿈 하나가 봉긋 생겨났다. 나이가 좀 더 들면, 추운 겨울에는 프렌치 리비에라로 와서 지중해 햇살을 받으며 살고 싶다. 잠시 내 작은 몸 하나 거주할 곳을 얻은 다음, 하루 종일 지중해 바다를 바라보다가 고소한 커피 한 잔을 들고 산책하고, 맛있는 음식을 먹고, 미술관에 간다. 그리고 글을 쓰고, 그림도 그리다가 지루해지면 남프랑스의 전통 음식 만드는 걸 배워 보고, 또다시 바다로 나간다. 언제 이룰지 모르는 꿈이지만 생각만 해도 미소가 지어진다.

역시 밝은 태양이 머무르는 땅엔 저절로 몸과 마음이 자석처럼 이끌리나 보다.

아마도 난 또다시 프랑스겠지

시끄러운 공사 소리, 차의 경적 소리와 지하철 소리를 들으며 잠에서 깨는 일상을 다시 살고 있다. 서울의 하늘은 뿌옇고, 사람들은 핸드폰만 바라보며 빠른 발걸음으로 걸어간다. 여전히 난 높은 건물에 가려 넓은 하늘을 한눈에 담기 힘든 하루를 보내고 있다.

이번 프랑스 여행으로 달라진 점이 있다. 미치게 돌기만 했던 고장 난 나침반이 어느새 딱! 멈춰서 한 방향을 가리켰다. 나만의 속도로 걸어가고픈 길이 지중해의 햇살처럼 선명해졌다. 어떤 일을 하고 살지, 무엇을 할 때 행복한지, 어떤 사람들과 함께하고 싶은지 등등 이전과는 다르게 정리되고 추가되었다. 삶의 새로운 챕터에 써 내려갈 준비가 된 것 같다.

예술가의 땅, 프랑스의 소도시에서 마주한 경험들을 집필하기 위해 사진

첩을 매일 같이 꺼내 보고 그때의 감정을 되새김질했다. 수천 번 글을 수정하고 다듬는 과정은 고되지만, 이러한 과정이 일상에 스며드니 아직 여행이 끝나지 않은 기분이 든다. 숨겨 둔 꿀단지를 꺼내 먹듯 프랑스에서 찍은 사진들을 꺼내 보면서 다시 헤벌쭉한 나를 발견한다. 내면에 잠들어 있던 밝은 아이가 깨어난 것 같다.

예술 여행을 함께 한 여행 동반자 Y와 M은 나의 부모님이다. 니스에서 파리로 올라가는 기차 안에서 졸고 있던 부모님의 얼굴이 아직도 문득 떠오른다. 뙤약볕에 얼굴이 타고 주름도 더 깊어졌다. 염색할 시기를 놓쳐 버려 흰색 머리도 희끗희끗 보였다. 힘든 내색 없이 중간에 포기하지 않고 이 여정을 함께 할 수 있었던 시간과 모든 것들에 너무나 감사한 마음이 든다.

마지막으로 이 책을 출판할 수 있게 도움을 주신 출판사 관계자 모든 분들과 프랑스와 예술을 사랑하는 마음으로 읽어 주신 독자들에게 감사의 말을 전하고 싶다.

삶의 방향과 색깔이 희미해져 갈 때쯤, 난 언젠가 다시 돌아갈 것이다. 아름다운 지중해 바다와 예술 그리고 여유로운 낭만이 넘쳐흐르는 예술의 땅, 프랑스로.